Antología de cuentos
y relatos mexicanos

墨西哥当代短篇小说选

〔墨〕罗莎·贝尔特兰 等著

傅子宸 等译

图书在版编目（CIP）数据

墨西哥当代短篇小说选 /（墨）罗莎·贝尔特兰等著；傅子宸等译. —北京：商务印书馆，2023
ISBN 978-7-100-23069-8

Ⅰ.①墨… Ⅱ.①罗… ②傅… Ⅲ.①短篇小说—小说集—墨西哥—现代 Ⅳ.① I731.45

中国国家版本馆 CIP 数据核字（2023）第 179317 号

权利保留，侵权必究。

墨西哥当代短篇小说选
〔墨〕罗莎·贝尔特兰 等 著
傅子宸 等 译

商 务 印 书 馆 出 版
（北京王府井大街36号 邮政编码100710）
商 务 印 书 馆 发 行
北京市白帆印务有限公司印刷
ISBN 978-7-100-23069-8

2023年10月第1版	开本 787×1092 1/32
2023年10月北京第1次印刷	印张 6½

定价：38.00元

Introducción

Antología de Cuentos y Relatos Mexicanos Contemporáneos, es una obra que constituye una selección elaborada desde la Universidad Nacional Autónoma de México (UNAM) para las y los lectores de China y de México, países que cuentan con un amplio horizonte y legado histórico y cultural, en el que su literatura ha creado obras que traspasan sus fronteras para formar parte del amplio catálogo de la literatura universal.

Los escritores que participan en esta obra son herederos de una tradición literaria mexicana con raíces en figuras como José Fernández de Lizardi, Martín Luis Guzmán, Mariano Azuela, Juan Rulfo, Carlos Fuentes, Octavio Paz, Juan José Arreola y Sergio Pitol; todos ellos conocidos en China gracias a traducciones de entusiastas hispanistas chinos, muchos de los cuales pasaron por las aulas de la UNAM a fines de los 70 y principios de los 80.

Esta edición renueva la presencia de las letras mexicanas en el idioma chino, al compilar los trabajos de destacados exponentes de la literatura mexicana reciente, egresados de la UNAM, como Gonzalo Celorio, Rosa Beltrán, Jorge Volpi, Hernán Lara y Adrián Curiel. Todos ellos, con excepción de Jorge Volpi, son publicados por primera vez en chino. No tengo duda que sus textos cautivarán al público y les dejarán con el deseo de

i

leer más sobre ellos.

Asimismo, celebro que las relaciones de nuestra casa de estudios con las instituciones de educación superior de China se han fortalecido gracias a la presencia de la sede de la UNAM, alojada en la Universidad de Estudios Extranjeros de Beijing.

A diez años de su fundación, en ella se han gestado diversos proyectos culturales y literarios que se constituyen como antecedentes directos a la publicación de este libro, tal es el caso de los *simposios de Literatura Mexicana Contemporánea*, organizados bianualmente y en los cuales participaron los escritores publicados en estas páginas.

A partir de estos encuentros, del trabajo conjunto entre la UNAM–China y la Dirección General de Publicaciones y Fomento Editorial de la UNAM, se dio el acercamiento con *The Commercial Press*, una de las editoriales de excelencia académica en China, con más de 120 años de historia, con el fin de plantear la publicación de una antología que reuniera textos de los autores participantes en los simposios. El resultado es esta cuidada edición en chino que ustedes, estimados lectores, tienen en sus manos.

Confío en que esta antología despierte la curiosidad por conocer más sobre las y los escritores contemporáneos de México y su Universidad, y que conduzca a otras obras traducidas al chino.

Finalmente, reconozco y agradezco a los escritores por la generosa aportación de sus textos para este volumen. Al CED Ejecutivo de *The*

Commercial Press, Gu Qing, y a la editora Cui Yan, por acoger con entusiasmo este proyecto y por los cuidados en la edición y promoción editorial. Con esta obra refrendamos nuestro compromiso con esta casa editorial, así como con la extensión y difusión de la cultura para poner al alcance de la sociedad china las aportaciones académicas, científicas y culturales de la comunidad de la Universidad Nacional Autónoma de México.

También agradezco a la UNAM-China y a todo el equipo que lo integra, por su invaluable compromiso con la extensión de las funciones sustantivas de esta casa de estudios y por continuar con la promoción y difusión de la cultura mexicana entre el público chino.

Dejemos que los autores nos transporten a los diferentes tiempos y espacios literarios en sus *Cuentos y Relatos Mexicanos Contemporáneos*.

"Por mi raza hablará el espíritu"

Dr. Enrique Graue Wiechers
Rector
Universidad Nacional
Autónoma de México

序

《墨西哥当代短篇小说选》是墨西哥国立自治大学(简称"墨自大")向中国和墨西哥两国读者精心奉上的一部作品。中国和墨西哥,都是国土辽阔、历史悠久、文化灿烂的国家,墨中两国的文学作品均已越过各自国界,成为浩瀚的世界文学不可或缺的组成部分。

参与本书创作的作家都是墨西哥文学传统的传承人,何塞·费尔南德斯·利萨尔迪、马丁·路易斯·古斯曼、马里亚诺·阿苏埃拉、胡安·鲁尔福、卡洛斯·富恩特斯、奥克塔维奥·帕斯、胡安·何塞·阿莱奥拉、塞尔西奥·皮托尔等人留下的墨西哥文学传统薪火相传。这些名字在中国也广为传颂,主要得益于中国西语专家们的热情译介。20世纪七八十年代,这些西语专家中的不少人曾负笈求学于墨西哥国立自治大学。

本书是墨西哥文学在中文世界里再一次登场的舞台,书中涉及墨西哥当代文学中最为杰出的代表人物,如贡萨洛·塞洛里奥、罗莎·贝尔特兰、豪尔赫·博尔皮、埃尔南·拉腊和阿德里安·古列尔,他们都毕业于墨西哥国立自治大学。除了豪尔赫·博尔皮,其余作家的作品都是第一次被译介到中国。毫无疑问,他们的文字将征服中国的读者,吸引读者进一步阅读他们的其他作品。

同时,我很高兴看到我们的学术机构与中国高校之间的友好关系进一步巩固,这离不开墨西哥国立自治大学驻北京外国语大学代表处的帮助。

墨西哥研究中心成立十年，开展了丰富多彩的文化、文学活动，这些活动的开展为本书的出版打下了坚实的基础。其中分外瞩目的，当数每两年举办一次的墨西哥当代文学研讨会。本书收录的作家们均亲自与会，由此促成了本书的出版。

借助上述活动的机会，墨西哥研究中心和墨西哥国立自治大学编辑与出版总部，与中国最优秀的学术出版社之一、具有 120 多年历史的商务印书馆开展合作，为参加研讨会的墨西哥作家出版一部作品集。亲爱的读者们，你们手中拿到的，就是这一精心合作的成果。

我深信，本书将唤起中国读者进一步了解墨西哥当代作家及其母校的兴趣，从而推动更多的作品翻译成中文。

最后，我向慷慨允予本书出版其作品的作家们表示诚挚的谢意。感谢商务印书馆的党委书记顾青先生，感谢编辑崔燕女士，感谢他们热情洋溢、认真细致的编辑和推广工作。通过本书的出版，我们再次筑牢了与这家中国出版社的合作，也将墨西哥国立自治大学在人文、科学与文化方面的成就，同文化的传播一道推广至中国。

同样，感谢墨西哥研究中心整个团队的工作，他们完美地肩负起了墨自大驻华代表处的各项责任，而且必将更加坚定地在中国继续推广传播墨西哥文化。

接下来，就让我们跟随几位作家出发，进入他们在《墨西哥当代短篇小说选》中营造的异彩纷呈的文学时空吧。

"以我魂灵，言我种族"

恩里克·格拉乌埃·韦彻斯 博士
墨西哥国立自治大学校长

走出"孤独的迷宫"(代序)

一百多年前,墨西哥诗人何塞·胡安·塔布拉达(José Juan Tablada)曾在图像长诗《李白》(*Li Po*,1920)中畅想诗仙所生活的古代中国;近半个世纪前,新文艺出版社于1956年在上海出版了墨西哥作家何塞·曼西西多尔(José Mancisidor)的长篇小说《风向所趋》(*En la rosa de los vientos*,1941),或许是墨西哥文学第一次进入中文世界。时至今日,从墨西哥小说的滥觞之作《癞皮鹦鹉》(*El periquillo sarniento*,1816)到80后作者豪尔赫·科门萨尔的力作《突变》(*Las mutaciones*,2016),墨西哥文学在华译介可谓硕果累累,蔚为大观。

北京大学西班牙语语言文学专业自1960年创立,六十余年来以文学翻译和研究为特色,薪火相传,成就卓然。北大西语专业的师生译作颇丰,以墨西哥文学为例,在叙事文学方面有:阿尔丰索·雷耶斯的《斜面》《马德里画稿》(赵德明译),鲁尔福的《金鸡》(赵振江译),马丁·路易斯·古斯曼的《元首的阴影》(赵德明译),卡洛斯·富恩特斯的《鹰的王座》(赵德明译)、《戴面具的日子》(于施洋译)、《盲人之歌》(袁婧译)和《与劳拉·迪亚斯共度的岁月》(裴达仁译),塞尔西奥·皮托尔的《逃亡的艺术》(赵德明译),路易斯·思波达的《近乎天堂》(丁文林译),埃莱娜·加罗的《1937年西班牙回忆》(吕文娜译),劳拉·埃斯基韦尔的《恰似水于巧克力》(段若川译)、《像欲望一样快》(汪大艾译),阿尔瓦罗·恩里克的《突然死亡》(郑楠译),瓦莱里娅·路易塞利的《我牙齿的故事》(郑楠译)和《没有重量的人》(轩乐译),等等。

在诗歌方面，最值得一提的是诺贝尔文学奖得主、大诗人奥克塔维奥·帕斯的多卷本诗文集《孤独的迷宫》《太阳石》《批评的激情》和《弓与琴》，由赵振江教授领衔选目翻译，多位师生参与。在赵振江和段继承编译的《墨西哥诗选》中收录了从17世纪被誉为"第十缪斯"的修女胡安娜·德拉·克鲁斯到活跃于当今诗坛的60后诗人胡里奥·特鲁希略在内的46位诗人的160首诗作。另有卡柔·布拉乔《在时间的核中》（程弋洋译）、何塞·埃米利奥·帕切科《不要问我时间如何流逝》（范晔译）等诗作中译。

读者手中的这一本《墨西哥当代短篇小说选》不妨看作是以上传统的延续。本书由北京大学西班牙语专业五位硕士研究生毛源源、傅子宸、闵逸菲、刘雪纯、李毓琦分工译出五位当代墨西哥知名作家的十部短篇小说，各具特色。或巧思或反讽，或生发元小说的况味，或包蕴风俗志的遗泽，艺术与现实、城市与自然、动物与人等主题不一而足，折射出今日墨西哥文坛的多元化面貌。

二十年前，当我徜徉在墨西哥国立自治大学和墨西哥学院的校园，流连于"甘地""地下室"等众家书肆，断难想象日后会有幸为一本《墨西哥当代短篇小说选》作序，更无可能预料到当年负笈墨城诸同窗中的一位，会成为这本书的责编。西谚有云：*Habent sua fata libelli*（书籍自有其命运）。书的命运与人的命运交错，不同时空中的作者、译者与读者也在这些文字中得以走出各自"孤独的迷宫"，展开新的相遇。

北京大学外国语学院西葡意语系

范晔

二〇二三年春

目 录

罗莎·贝尔特兰 | 傅子宸　译
适应论 …………………………………… 3
言与物的距离 …………………………… 20

贡萨洛·塞洛里奥 | 李毓琦　译
家 ………………………………………… 31
为我的家守灵 …………………………… 52

豪尔赫·博尔皮 | 毛源源　译
诗艺 ……………………………………… 75
第二乐章　抒情桑板 ………………… 105

埃尔南·拉腊 | 闵逸菲　译
　　追捕鬣蜥 ················· *115*
　　莫里斯 ··················· *126*

阿德里安·古列尔 | 刘雪纯　译
　　休息日 ··················· *143*
　　十四号出口 ··············· *174*

Rosa Beltrán
罗莎·贝尔特兰

墨西哥国立自治大学西班牙语言文学和加利福尼亚大学比较文学博士。墨西哥国立自治大学文化部文学主任。小说家、散文家、翻译家、诸多文学作品集编纂者。著有小说《梦想家的法庭》《我们到过的天堂》《极度不忠》《副作用》《裸露的身体》、故事集《死去的乐观主义者和爱情》、散文集《螳螂：后现代主义和无美洲主义的美洲文学文化的意义和真理》等。作品被翻译成英语、法语、意大利语、荷兰语和斯洛文尼亚语。曾获得荣誉有：行星文学奖（1995）、美国大学妇女联合会（AAUW）贡献奖、墨西哥国立大学青年学者创作奖、墨西哥国立自治大学胡安娜·伊内斯·德拉克鲁兹奖等。

适应论

傅子宸 | 译

> 生物组织结构的这一部分对另一部分及其对生活条件的所有巧妙的适应,此一独特的生物对于彼生物的所有巧妙的适应,这些是如何臻于至美的呢?
>
> ——达尔文,《物种起源》第三章[一]

我的父母分居多年。父亲的离世带来一个合理却令人意外的结果。母亲想见见我们,这个电话那头决

[一] [英]查尔斯·达尔文著,苗德岁译,《物种起源》,南京:译林出版社,2013年。

不能容忍我们超过五分钟的女人,约我们上她家。四点钟,大家齐聚一堂,一副手足情深的样子。关于父亲后事的安排自然落在我们几个头上,对相关事宜达成一致后,母亲宣布了一个我们谁都始料未及的承诺:她要在生前将遗产分予我们。"你们爸爸留给我的,我打算都给你们,"她说,"我想过了,比起我走后再一一分配,现在你们更需要这笔钱。"这个决定让大家甚感惊讶。我们几个性情大相径庭,对这件事倒是出乎意料地反应一致,那就是欣然接受这笔遗产。何乐而不为呢?我这么想,不光是为自己考虑。这个不怎么出乎意料的转折对我兄弟姐妹来说无异于雪中送炭,他们瞬间就明亮起来的眼神已然表明一切。就胡安而言,这不啻于他还房贷的救命稻草;佩德罗则不必再为他一潭死水的生意发愁;索菲亚也将有底气拒绝她那言行粗鄙的情人隔三岔五的要求。

母亲斩钉截铁地向我们宣布她的决定:

"我只要求你们一件事:不要把这笔钱还给我。我好好想过了,也只有当妈的才会在这个时候思前想后。不,你们不用还给我。不然,就意味着你们不得不为我去挣钱,这会增加你们的挫败感,助长亲人间的彼此责备，滋生仇恨。时间一长，为了还这笔钱，你们兴许还得被迫改行换业。自己选的路，不管是好是坏，到时候都会变得摇摆不定，你们也会随之意志消沉，不知所措……"

她蓦地停住，好像被什么突如其来的想法打断了思绪。

"虽然你们确实会忘恩负义……"

母亲定定地看着我们。过了片刻，仿佛经过了深思熟虑，她继续说：

"不，我知道你们不会的。如果说信念可以移山，负罪感则会让你感到压力山大。对自己的恨意和不齿会伴随你们余生。你们听着，什么都不用报还我。这是我心甘情愿给你们的，不求回报。"

索菲亚第一个开口。

"但光伸手要……怎么说呢，反正我觉得不舒服。"

"这没什么，没什么。"母亲回答，手在空中摇晃着，像是打算结束这场家庭会议："善意可以用多种方式来回报。"

我们几个面面相觑，不知所措。母亲看我们这样，微微笑了起来。

"别，别觉得我在暗暗期待什么。我太清楚这些，人类的后代本质上都是白眼儿狼。我们又能怎么办呢，这就是做父母的宿命啊：孩子们踩着我们，越过我们，然后传宗接代……"

"妈妈，拜托，别这么说。"佩德罗恳求道。他是我们四个中最会做样子的。

但母亲继续说道：

"一开始，你们将不再邀请我去餐厅吃饭，接着便会忘了我的生日，有朝一日，你们会抛下我一个人过圣诞。说不定还会丢给我一条狗，明知道我最讨厌宠物，还让我孤苦伶仃地和那畜生共度晚年……"

胡安想说点什么，她立起手掌阻止了他。

"你们甚至会觉得给我买医疗保险都是浪费钱。"

我们没有人这么想。墓地一般的寂静。

为了缓和气氛，佩德罗打开母亲存酒的柜子，给她倒了一杯茴芹酒，又为我们几个倒上加了苏打水的威士忌，给胡安的朗姆酒里混上可口可乐。谁料酒精非但没让她消停，反而让她越说越来劲儿。

"但错不在你们，而在我，谁叫我生了你们呢。子女们就该走自己的路，不用回头看我们。这就是人生法则。"

我决定说些什么，但我脑中只蹦出这么一句。

"但是，母亲永远是母亲。"我说。

"这就是问题所在，恰恰如此。奉献，这是对母亲的品格要求。"

"你可算不上什么无私的母亲，"佩德罗夯着胆子说，"再说现在爸爸不在了，你可以找男朋友，跟他们四处……"

"拜——托——！别胡说八道！说得轻巧！这年头想钓金龟婿的年轻女孩比比皆是，都盯着那些同我一样年纪的老男人。再说，谁会看上一个有四个孩子的女人？"

"但我们已经成年了！"胡安反驳道。他那撮白发束成一根马尾，欠了一屁股债。

母亲鄙夷地看着他的破洞牛仔裤和背上搭着的毛衣，她的这个儿子总是一副花花公子样儿。

"孩子永远是孩子，等你自己有了孩子你就明白了。"

"我明明有两个孩子！"

"对，你第二个老婆的孩子。"像是为了强调，她又补充道，"她的孩子。"

"说实话，我不觉得这有什么区别……"

"区别就在于,母亲总是不停地为孩子操心。"

"你可以试着别总担心这担心那。"妹妹索菲亚建议。

"你去试试!仗着你年轻。你这年纪还不用承担责任。"

"妈妈,我没想惹你生气。"

"你确实冒犯到我了。"

她以布道者的狂热再次发起攻击。

"关于你不要孩子的决定,容我劝你几句。总有一天你不再年轻,只剩年老体衰的欢愉,悲伤的享乐。像你这样的人生,到老来只会更加伤感。净想着怎么节食,怎么塞进更小一码里……"她摇了摇头,仿佛在努力摆脱一个模糊的念头,"来到这个世界就为了瘦成零码!……多么宏伟的人类计划!"

她啜了一口茴芹酒,把酒放到桌上。

"那样的身材的确有它的迷人之处……"母亲语气放缓了些,"甚至让你穿衣服都很好看:短裙,低领。总有一天你要遭受他人嘲笑的目光。等你尝到苦头,才会学着填满你的身躯,试图弥补那些逝去的岁月,因为你感到如此空虚……那会儿你就会发现你一无所有,甚至连个能安慰你的孩子都没有,当然了,他又怎么会来安慰你，那不是后代的天性，更别提你压根没孩子……"她又饮了一口茴芹酒，长叹一声，"啊呀，活着就是为了让男人都拜倒在你的石榴裙下，永恒的吸引力是你的人生主题……"

她盯着我妹妹瘦骨嶙峋的腿。她没穿丝袜，荡着光溜溜的腿，脚上套着一双金色的舞蹈鞋。母亲又继续说道：

"男人啊……光是他们的暗示就是一座巨大的宫殿，叫人束手无策地迷失其中。该用什么词来翻译他们的言外之意呢？'需要照顾''寻求理解''渴望陪伴''向往冒险''索求柔情''追求欢愉'……不，这难以描述，我们必然会迷失其中。男人嘴里是复杂的一套，意图却几近透明。他们所有想要的都可以浓缩为一个词：母亲。这是他们在女性身上看到的东西。女人对于男人而言不过是一个母亲，哪怕在未来情人的眼中也是如此。"

她略作停顿，意图让我们明白我们几个——她的子女，也同样为此命运所缚。

"你想想，一个刚认识的男人问你的第一件事会是什么？"一阵沉默。"没错，你的年龄。第二件事呢？

不是问你结婚了没有,这归根到底构不成阻碍。你的名字?也不是。更不是你的爱好,在男人眼里,不管你喜欢什么,最后都得迁就他的喜好。他们会问你,你有没有孩子?孩子多大了?这才是他们关心的。他们担心你把孩子带到他们身边,害怕你的孩子占据本该属于他们的位置……"

"妈妈,我们懂你的意思,"胡安表态。他是个急性子,还老撒谎。"我们不会让你失望的。"

大家站起身来,就此结束这场谈话。胡安要去吻母亲,被她拒绝了。关门前,她丢下一句:

"最好如此。"

那一整天我都因与母亲的会面而隐隐不安,但过后我也就将它抛之脑后了。直至几周后,胡安那句话又一次在我心头倏地冒出来,有如正处于昏眠状态的机体在好奇心的驱使下逐渐苏醒。尽管我知道,那不过是我哥哥为了尽早结束会晤使的小伎俩。我开始担心母亲,因为我爱她。哦,不,也许我并不爱她。我不知道。这要如何知道?爱与恐惧的分界线是何等模糊……这些日子以来,我不厌其烦地给她打电话,而她没有一次肯屈尊接起听筒,总是通过语音留言回复我。我想象她在电话机旁端坐的样子,任电话铃声嘟嘟响着,一边修指甲,一边猜测电话那头是谁。胡安?索菲亚?是佩德罗还是阿尔弗雷多?随着一个又一个孩子呱呱坠地,仿佛顷刻间有十个、二十个或五十八个孩子在担忧她的健康,关心她的生活。我已经好些天没有收到她的回电,我想,她一定是一声不吭地离开了。这个女人有这个本事。但我又后悔不已:我怎么能这样想自己的妈妈?万一她病倒了呢?我判定这不可能,不然我们四个中总有人会知道些什么。我没再给她打电话。让她受着吧。一边这样想着,一边我又开始拨给她。无人应答。然后,我开始回想,自己究竟对母亲做了什么,让她对我这么不好。一天,电话那头突然响起她的声音,反倒让我倍感诧异。她一副若无其事的样子,告诉我胡安带她去了一家很棒的餐厅吃饭。她没说别的,只是告诉我那家餐馆的菜单,回味她如何享受每一道菜,强调那些红酒和香槟如何价值不菲,以及这顿大餐意味着胡安做出了多么大的牺牲,毕竟好几年以来他都没有任何收入……

"妈妈,"我打断她,"我给你报名了一次旅游。"

话音刚落,我自己都惊讶不已。

"这些日子我一直在联系你,想告诉你这事。"

"旅游?啊呀,真不好意思,我去不了。你哥哥佩德罗给我办了健身房会员,说是担心我的身体。"

"你没事吧?"

"没事,他是为我日后的健康考虑。你看,旅行也就出去一段时间,而健身房却可以练很久。"

健身房的会员资格要求她即刻入会参与课程。

"你想想!他们还送了我泳帽和一个小行李箱保管我的随身物品。"

"等以后你身体吃不消了,怎么办?"我责备道。

"你这话什么意思。"

我当即就后悔了。

"我只是想说,除了锻炼身体你也得放松放松。去迈阿密玩一趟,做个SPA,看看海……"

"去迈阿密?"

"你以为去哪儿?"我扑哧笑出了声。

谁要敢说我千方百计讨好母亲是为了争得遗产,用这笔资金实现我拍电影的计划,又或者在乡下买栋别墅,在那儿恣意创作,这实在是胡说八道。我对母亲的关心发自肺腑。我从未忘记去看望她,也时不时地带她下馆子,尽管我向来讨厌她的掌控方式。但那是掌控吗?用勒索的方式来引起她不久前还极为反感的子女的注意?又或许,父亲走后,她感到孤苦无依。人类的情感一贯如此。即使伴侣身处另一个房间,甚至远在另一个国度,也足以满足我们的情感需求,支撑我们过完余生。有些时候,我们只要头脑里还有另一半的存在就足够了。距离产生爱,太近则会带来伤害,而我们往往对此视而不见。当我们笃信被爱者确有其人且回应我们以爱,渴求陪伴的内心空洞便被填满。有个诗人说过:"孤独是人性最后的底线。人类是唯一会感到孤独的生物,也是唯一会被其他个体寻求的生物。"从我的经验来看,这一看似言之凿凿的论断是个伪命题,仅举一例如下:假若迫使其他物种独居,再观察其反应,你便会发现:死亡。可曾有人体会过一条孤独的狗那深切的悲伤?鱼的呢?落了单的小鸡和猴子只能苟活寥寥数日。但狗和鱼不会读诗。就我母亲而言,只要我父亲活着,让她隔着山海恨着他,生命的这道需求便得以满足。如今我父亲不在人世了,一直以来过着逍遥自在的独居生活的母亲转而寻求我们的陪伴,渴望我们伴在她身旁。

"你知道你妹妹和我说了什么吗?"有一回我打电话问候她时,她在电话那端冷不丁地说。

"什么?"

"等一下,你先别挂电话,佩德罗打给我了。"

我恨她,是的。这股怨恨与正从我心底萌生的对兄弟姐妹的恨意直接挂钩。他们近来对母亲嘘寒问暖,但背后的关心绝不如我来得纯粹。试想,这几个殷勤满足母亲种种任性要求的子女,曾几何时还对她避之不及。如今他们对她关怀备至,仿佛她是即将灭绝的珍稀物种。而母亲从未说起过遗产如何分配。事实上,我们对这笔遗产到底是个什么数目都毫无概念,至于它何时会落到我们头上,更是一无所知。自打母亲向我们许诺这笔遗产的归属后,她再也没提起过这个话题。但纵使我们如何自欺欺人,这个承诺确如一道阴影悬在我们头上。

"她跟我说她怀孕了。"重新拾起听筒时,母亲出其不意地说。

"怀孕了?谁的?!"我怔了一怔。

"这重要吗?她要做妈妈了。你懂吗?成为一名母亲……"她心满意足地吐出这个词,宛若那是一道可口的甜点。

"世间最伟大的物种。"我听见自己这么说。

"对,这是你和你的兄弟们永远无法理解的地方。"她又一次强调,"只是这事有点儿蹊跷,你知道吗?"

"哦,是吗?"我有些幸灾乐祸,"怎么了?"

"她说她要送我一串珍珠项链,庆贺我做了外婆。"

"哦。"

"你们出生的时候,你爸爸都会送我一件首饰。每生一个孩子,就送一样珠宝。"

"谁叫我们几个是给全人类的礼物喽。"我打趣道。

"也是我送给他的礼物。"她纠正,"你爸爸他也承认这一点。因为我,他才能成为父亲。现在,轮到你妹妹来感谢我了,因为没有我,就不会有她。"

这样的生活在一段时日里成为常态。可以说,自从父亲走后,没有一天我们不围着她转。除却子女的陪伴,还有一点始终如一:我从未见到过她称心如意的样子。倘若我在她生日那天送她项链(我承认这礼物缺乏新意),她一定会翻来覆去地打量项链上的珍珠,将指甲掐进去仔细把玩,然后评论:

"嗯,很好看。"

"你瞧那锁扣,"我鼓励道,"这小扣子做工可细致了,还是嵌银的,是不?"

"嗯。"她会淡淡地来一句,"但索菲亚送我的那条是天然珍珠……"

有一天佩德罗也满腹牢骚地提起,他刷信用卡借钱让她旅游,带她"去巴黎喝咖啡":

"你想想,"那次他抱怨道,"她和我说的唯一一句话,竟是胡安带她去巴亚尔塔港[一]时乘的飞机比这架更大!"

"哎,佩德罗,妈妈和你说了什么吗?"我直言不讳地问。

"说了什么?没,能说什么?"

"你觉得,她和胡安说了什么我俩不知道的吗?"

"我也想过。但应该不会。我想胡安是用卖计算机软件挣的钱支付的这些开销。"

这成了我们数年来的日常。这期间,胡安来消息说他找了一份去公司当码农的稳定工作。于是那几个月,母亲三句话不离他,絮叨他给自己购置了一把特

[一] 巴亚尔塔港(Puerto Vallarta),墨西哥著名的度假胜地。

别的沙发椅，念叨他正用第一笔工资为她重新装修房子。第二年，索菲亚完成了护理专业的进修，这让母亲喜上眉梢。有一回，妹妹说好几家诊所都通过了她的求职申请，虽然我们几个心照不宣，她口中颇有声望的诊所实际并不怎么样。

"就选最适合你的。"母亲嘱咐她，同时面带不屑地看着我们其他人，"为自己而活，像一个女王……"

"哎，妈妈不会和索菲亚说……？"

我们正斟着威士忌。母亲仿佛能听见我们的窃窃私语，倚在客厅的沙发椅上问我们喊道·

"别担心，你们很快也会得到回报……"

她又故弄玄虚地补充道："天道酬勤。"

第一年，接着是第二年，年复一年，如此过了不知几年几载。日日，月月，年年。佩德罗的不动产生意有了起色，敲敲手指就有钱入账；我继续担任教职，薪水勉强也能领母亲东游西逛，哄她开心。孝心如此接棒下去，这个儿子带她外出转悠，那个儿子为她形形色色的消遣买单，再由女儿送她去、接她回……我妹妹并没生下什么孩子。也许怀孕单纯只是她的臆想，又或者她不幸小产，谁知道呢。说不定，那从头至尾就是一个骗局。但母亲好似并未将这件事放在心上。她只是任由自己像超市里从一处货柜被推至另一处货柜的小推车一样被人牵着鼻子走。自然而然地,母亲老了。年事渐高后,她的需求也有所变化。比起出门下馆子,她更愿意吃我们亲手做的饭。一天,她突发奇想,让我们几个按天数分摊对她的反哺之责。我们四个照做,在自己的小家专门为她腾出一间卧室,一周之中,她在每个儿子家轮流住上两天。那是一段激烈的竞争时光,我们甚至为此怠慢了自己的伴侣,而关于遗产的话题母亲依旧闭口不谈。我们看着她一天天消瘦下去,往昔的激昂斗志渐渐退去。现在的她寡言少语,终日倚在我们几个在各自家里为她准备的高背沙发座上,这"宝座"对她来说过于庞大。

"你们都是好孩子。"她对我们说,"四个都是……这主要是我的功劳。不过你们也别担心,会有回报的。"

有一回,晚餐中途,我们中有人半开玩笑地试探:

"哎,妈妈,你实话告诉我们吧,爸爸到底给你留了什么?"

"你爸爸?"她反问我们,好像压根不记得那人是谁。还有一回,不记得谁拐弯抹角地提起这事,她反诘道：

"他一向穷得叮当响，能给我留下什么？"

我们都以为最接近真相的一次，是那天下车时，她拒绝我们的搀扶，随而轻叹一声：

"让我来，我自己能行。要说你爸爸真给我留了点儿什么，那便是教会我凡事靠自己……"

言与物的距离

傅子宸 | 译

在我久远的记忆中,有一样格外清晰,那便是这个世界分属于"实干家"[一]和"故事家"。男人属于前者,他们的领地是天国。成为"实干家"意味着终日埋头工作,意味着"你爸他是个有担当的男人;正因为有担当,所以他不在家"。"成为实干家"是变个法儿指代抛弃。我母亲则恰恰相反,她是个彻头彻尾的"故事家"。她领着我去嗅闻,去触摸,去描绘对这个世界最初的印象,继而去聆听万物的声音。我的母亲就是声音本身,一道由万千声音,自身的、他者的声

[一] 原文"实干家"(hacedor)一词首字母大写时可指上帝。

音汇成的激越洪流,因为她有着出神入化的模仿本领。她的魔力恰恰在于,经她模仿者往往与本尊出入甚大,但原型却又一目了然。仅凭一个手势,抑或一个细微的特征,她便诡秘地让某人现身,再将他变成其他人。随着她的模仿,有人成功引起众人注意,也有人重新获得新生。每当母亲施展她的模仿术,我们兄弟姐妹几个便惊诧地发觉,从她嘴里冒出的不再是我们所熟识的某个平平无奇的扁平人物,而摇身一变为令人着迷的奇幻个体。她能将一个警察、一个面包师傅、一个小银行的女职员——那是特拉尔潘[一]彼时唯一的银行,一间名为"国际银行"却只有两个员工的灰暗棚屋,塑造成令我们毛骨悚然的狠角色。从她口中我们得知,那个边骑单车边吹哨驱赶毛贼的小警察将面临令他始料未及的悲惨下场;那个面目可憎,清点完面包后哆哆嗦嗦往一小截卡纸上写价格的加利西亚佬如何命途多舛;那个手在往银行汇单上盖章、脑中却暗暗酝酿复仇计划的老处女又有着如何骇人的结局。

因为她,生活获得了某种意义,围绕在我们身边

[一] 特拉尔潘(Tlalpan),墨西哥首都墨西哥城南部小镇。

的人们也各有所图，尽管这些"所图"无一例外地蕴含着几分悲剧意味。

我母亲总是无休无止地说着，没有什么能堵上她的嘴。一切鸡毛蒜皮的小事都足以挑起一场口水战，更何况她是其中的常胜将军。从过期的牛奶，到付钱时店家临时耍赖，再到碰上举止粗鲁的家伙时，街上那么多男人中没有一个站出来捍卫她，她都能喋喋不休。但这最后一种情况并不属实。有一回，我撞见一个骑单车的男人在我母亲身旁停下，朝她说了几句什么，伸手捏了她的一只乳房。旋即有辆私家车刹住，车上除司机外还坐着一个男人，后者问我母亲，那家伙是否对她有所冒犯。在得到她的肯定答复后，车子启动，追上先前那个男人。我和母亲于是亲眼看着两个大男人为她出头：一人拉拽他的头发，另一人对他拳脚相向。收拾完那家伙，他们冲我俩比了一个手势。我母亲走过去，那人向她道歉，而她理所当然地拒绝接受。

听着我母亲娓娓道来是我幼时唯一拥有的尘垢秕糠。有朝一日她不在了，我又将何去何从？唯愿这个世界与她所述的如出一辙，言语不再是对世间万物的单纯复刻。

有一天早餐后，父亲把我们几个召到客厅，郑重其事地宣布："现在我要读一段东西。注意，一会儿我会提问。"于是我们正襟危坐，看着他取出一卷《巴尔萨百科全书》，翻至"消化过程"一章。当他将书页上的插图指给我们看时，我们四个呆若木鸡。随之而来的更是糟糕透顶，他念着不知所云的话，而这一切，据他说，此刻正在我们体内进行着。那是一串闻所未闻的奇词怪字，我们对此一头雾水，也毫无信心日后能将它们理清楚。然而正因于此，也多亏于此，一幅幅由言语构成的画面忽而化为生动的现实，道道声音也变成独立的存在。"消化过程"的主角与我同为某一国度的居民，我安于一隅，远离世界的贫瘠与平庸。我心生幸福，乐在其中——至少在这自娱自乐的短暂片刻。我首先想象一栋没有主人的屋子，一个叫"幽门"的神经病患者机械地开门关门，如此周而复始地履行门房的职责。故事里叫"食团"的大胖墩儿步履艰难地穿梭在狭长逼仄的走廊，直到与"离氨酸"不期而遇。后者对他一见钟情，决心执子之手，与子偕老。至于这股荒谬不经的爱情的源头，又何须多做解释。这是我同语言进行的第一场游戏,我在其中自得其乐,学习如何阅读,调动将铭刻我这一生的回忆。彼时的我还浑然不觉,这个方法、这道声音是另一种声音的回响;在我天马行空的诠释过程中映现的幻影,则正是我的母亲。

回首往昔,可以说,我从一扇错误的门步入了文学的殿堂。我以一个糟糕读者的身份开启我的阅读体验:任由自己的心意去理解,完全无视书本或作者的本意。然而,我这般阅读又在何种程度上称得上阅读?与此同时,我们也应扪心自问:是否能以另一种方式对这个世界加以解读?是否可能在阅读之时避免主观的介入,消弭自身的故事,抹去我们每一个个体对一本书的灵魂做出的独家诠释?时至今日,我才恍然大悟:这样的阅读方式于我,象征着凭空召唤画面的力量,喻示着一种仅凭言语的声音就能赋形个人神话的可能性。

在我们与书籍初相遇的懵懂年岁里,在似懂非懂、一知半解间,恰蕴含着一种启发、一种领悟。当我们给一部书僵化地划定边界,却因此错失曾经那种虚无缥缈却无可替代的目眩神迷感,而与最初的时刻渐行渐远——彼时，千言万语化作一道道护身符，世界装得下我们所有的奇思妙想。

如今我想，回忆的过程与阅读有异曲同工之妙，得以让那些从未发生却也可能业已发生的事浮现眼前。这些时刻恰恰因未完结而成为恒久的现刻，注定继续存在下去。

听着他人的故事，再重塑他人的故事，我的内心自此觅得归宿。既然我的人生永远无法像别人的人生那般丰沛充盈、跌宕起伏，我只能依靠他们而活，借助他们的言语，将这些话语视作我赖以生存的庇护和支撑，以此过一种替补的生活。这两种生活孰真孰假？哪一种生活在说谎？哪一个我更接近真正的自我，是眼前这个过着真切的日子的人，还是远方那个游历于幻想的生活的人？作家总是变着戏法成为另一个人，将他们的热望与忧惧寄予他者；作家是异装癖者，名词便是她身上两穿的衣裳：当她说"作家"时，实则在说"女作家"。

在我的记忆中，以一具身体进行阅读和写作总含有几分易装表演的意味。我读弗兰兹·卡夫卡的《变形记》，却从未自问为何我将自己彻底地代入主人公，明明格里高尔·萨姆沙[一]是个男人,而我是女人。类似的身份认同感也在我与冉·阿让、拉斯柯尔尼科夫以及斯蒂芬·迪德勒斯[二]之间萌生。相反地,我从未听闻哪个男性读者会在某位女作家笔下的女性角色身上窥见自己的影子。

我的世界浸淫于书卷之中,我的记忆囿于书页之间,而以我在每一页寻觅"未知领地"时那股源源不断的激情去悦纳这一点并不容易。父母时常在我耳畔苦口婆心地相劝,"孩子,做点什么吧,别看书了",同时自相矛盾地说什么"做你自己"。可做我自己,成为那个唯一的自己,又如何与读书这件事兼得?如何在任想象漫无边际驰骋的同时禁住不变成另一个人的诱惑?幸好有书籍,我得以在阅读的须臾变身圣女贞德,自我拯救,出生入死,被仁爱之心填满,又对自己深怀同情。我还交替着是公主、吸血女鬼、殉教天主徒、摩尔奴隶。当我厌倦了这些身份,我便是红桃

[一] 格里高尔·萨姆沙,《变形记》主人公。
[二] 冉·阿让,维克多·雨果的长篇小说《悲惨世界》的主人公;拉斯柯尔尼科夫,陀思妥耶夫斯基所著的《罪与罚》的主人公;斯蒂芬·迪德勒斯,詹姆斯·乔伊斯的自传体小说《一个青年艺术家的肖像》的主人公。

皇后，命人斩下数颗头颅。幻影的选择也并不总是顺风顺水。冥冥之中，我的杰科医生难逃被海德先生[一]杀害的厄运，而每一次翻开《包法利夫人》，我都无可救药地陷入"诗意的真实"的魔法，也许我接二连三地遭遇情人的背叛正归咎于此。

借他人活着，憧憬着又惧怕着成为他们，回忆着我们未曾历经的生命，这乃是人生这场多幕剧。每当我翻开一本书，每当我写下一页纸——也就是说，每当我开始阅读时，妈妈，我就听见你的声音。这个声音告诉我，我并非孤身一人。

[一] 杰科医生和海德先生是英国小说家罗伯特·路易斯·史蒂文森的小说《化身博士》中的双重人格形象。

Gonzalo Celorio
贡萨洛·塞洛里奥

作家、文学教授。毕业于墨西哥国立自治大学语言文学系，1974年之后执教于墨西哥国立自治大学及其他诸多国内外大学。墨西哥语言学院院士、西班牙皇家语言学院通讯院士、古巴语言学院院士、尼加拉瓜语言学院院士。已出版四部长篇小说：《自我之爱》《大地在心中颤抖》《三个漂亮的古巴妞儿》和《金属与矿渣》，著有包括《反征服随笔》《被颠覆的经典》《论西班牙语的荣耀》在内的多部散文、随笔集。曾获得荣誉有：墨西哥国家科学艺术奖（语言文学类，2010）、国家大学奖（艺术创作与文化传播类，2008）、马萨特兰文学奖（2014）等。

家

李毓琦 | 译

我的家建于19世纪晚期，是如今为数不多的砖石砌成的房子之一，仍保有米斯科阿克街区的一贯特色。随着商业的飞速发展与人口的爆炸式增长，老房子被纷纷改造为商铺或多户住宅楼，而我家却暂时从这场浩劫中幸存了下来。

一周又一周过去，我忍痛目睹着一幢幢像这样带有挑高屋顶与坚固拱门的房屋被拆除，取而代之的是急不可耐窜出的预制拼装房。推土机用最后一铲子将老房子的地基彻底推平，跟连根拔起一株墨西哥落羽杉没什么两样，而在此之前，不会留下哪怕一分钟的默哀时间。

现在，就在我写下这些文字的同时，他们正在推倒一幢与我家同时代的做工考究的大房子，那砖坯巧妙地融合了砖头的红色与石头的深赭色，后者正是大自然鬼斧神工的杰作。几个月前，这儿还是一所中学，现在屋顶已经拆了，里头也是满目疮痍，窗户上仅剩的几块窗板阻拦不了人们将屋里的卫生设施洗劫一空，再挂出一块突兀的牌子打包出售，恬不知耻地写着：

此处出售二手厕所

在我写完这几页之前，那屋子将会被彻底夷为平地。兴许在这篇文章发表之前，一座粗制滥造的购物中心便会冒出头来，用五颜六色的三角形塑料小旗，宣告这块地皮已经被租下或者买下。

我家的房子是波菲里奥[一]那时候建的，因而透露出一股子明晃晃的铁道味儿：房间全都相邻着挨在一

[一] 波菲里奥·迪亚斯（Porfirio Díaz, 1830—1915），墨西哥历史上任期最长的总统，也是拉丁美洲有名的独裁者。在任期内，为发展经济，他大力建设铁路，使得墨西哥的铁路里程增长了十倍，许多铁路至今仍在运行。

起，并且彼此连通，就像一节节客车车厢一样，这样我们也可以说，从吸烟车厢再到卧铺车厢，又从卧铺车厢走到餐车车厢，或者走上月台——那便是阳台，所有房间的开口都对着那儿。

这列车只有两个车站[一]：一个是又热又闷的夏季站，甚至可以起名叫卡洛斯·佩利瑟[二]，他的绰号正是"太阳的野外助手"；另一个是又阴又冷的冬季站，称得上哈维尔·比亚鲁提亚[三]，他写的那些冷冰冰的诗句，我的皮肤还记忆犹新。

当然，家里还有一座非同一般的花园，那儿的节气与日历上丝毫不差，季节分明，如期而至，正如维瓦尔第著名的协奏曲《四季》一样。我想大概是一个世纪前种下的那棵紫藤的功劳，毕竟在其原产地地中海，尤其是威尼斯一带，由于缺少树木，人们便使用攀缘的藤蔓覆盖教堂和宫殿潮湿的墙壁，葳蕤的藤架为

[一] 车站，西班牙语为 estación，也有"季节"的意思，此处一语双关。
[二] 卡洛斯·佩利瑟（Carlos Pellicer, 1899—1977），墨西哥作家、诗人、博物馆学家和政治家。
[三] 哈维尔·比亚鲁提亚（Xavier Villaurrutia, 1903—1950），墨西哥诗人、剧作家。

整座城撒下了阴凉。

园子里的紫藤爬上高高的栅栏,将我家与附近的房子隔开,并一直蔓延到它的"床"上——我的房东们管花园小径上的藤架这么叫。冬天里,它光秃秃的,片叶不存,叫人恨不得把那些枯枝都扔进烟囱里当柴烧;然而,春天一到,甚至在新叶萌生之前,紫藤花便绽开了花骨朵,和先开花后长叶的蓝花楹一样。一串串隆起的淡紫的花簇如葡萄串般垂坠下来,芬芳扑鼻,令每一个穿过其阴影的人都为之心醉神迷。

我的园子并没有经过精心照料,只是简单打理过。里头长着野生针茅,按照比森特·基拉尔特[一]的说法,这是一种人人称颂的益草,因此还获得了"圣草"的美誉。我不知道它是否像歌里唱的那样可以润喉,不过我倒是清楚,它那宽阔而富有弹性的叶片,非常适合用来包裹木炭烤的鳟鱼或鲷鱼,这样,鱼肉就不会直接接触到煤块,还增添了些许草木的香气与一点微妙的苦味。同样,这些叶子还可以用来盛放烟熏山羊奶酪。

[一] 比森特·基拉尔特(Vicente Quirarte, 1954—),墨西哥诗人、散文家、小说家。

花园里还长着一棵年轻的无花果树,坦白地讲,我这个说法自相矛盾了(修辞学家们称之为矛盾修辞格),因为没有一棵无花果树是年轻的。它的性格阴郁,果实暗沉,枝干遒劲。无花果树不是长出来的,更确切地说,它是不断地返青,就像费利佩·德·赫苏斯〔一〕那棵传奇的无花果树一样。

我不知道该给青柠树起什么名字,我就叫它青柠树,或者一个更具诗意又名副其实的名字——青柠。我要说青柠是慷慨的,且与花园里雷打不动的四时节气相反,不为季节所动摇。千真万确,临近圣诞时节,它结的青柠反而越多,好用来调配芳香的棕榈酒〔二〕,或者填满派对的糖果罐〔三〕。不过,其实这棵树全年都会结果。多亏了它的丰产,我可以时不时严格遵照食谱熬出最正宗的青柠汤。

〔一〕 费利佩·德·赫苏斯,墨西哥天主教中的圣徒,据说其殉教死去的当天,他父亲家中干枯的无花果树瞬间返青结果。
〔二〕 棕榈酒,圣诞节时墨西哥人常喝的一种用甜酒、柠檬汁和糖调制而成的热酒。
〔三〕 墨西哥人的圣诞派对上常常悬挂着用陶土或纸制成的糖果罐,里面装满糖果或水果,人们会蒙起眼睛拿棍子击破,象征着战胜了罪恶。

挨着青柠树的柠檬树也挂着果儿。有时候我们会把青柠和柠檬弄混,所以有必要仔细甄别:那个头小的才是青柠而不是柠檬。我家四位房东中的其中一位,单身的贝尔塔·卡拉斯科小姐(照她自己的话说,"我们四姐妹中只有三个没结婚"),带着对结婚的惆怅,叹着气向我解释道:人们常把柠檬花插在新娘的发辫与花冠上,别在新郎的衣领上,因为柠檬树四季常青而又多花多果,柠檬花也因此成了婚姻美满的象征。

我喜欢自家的柠檬,因为它不仅个头大,而且饱满多汁又无籽,还是舒缓龙舌兰烈酒的绝佳拍档,那玩意儿一旦入喉,便从胃里一路奔腾到鼻腔,仿佛直呼救命似的。

我偏爱在阳台喝点儿龙舌兰酒,那地方由于名中带着"阳"而显得活力四溢,又因其热情好客而适宜小坐片刻。我同样偏爱中午时喝龙舌兰酒(自然,墨西哥人所谓的中午是下午三点),作为午餐的开胃酒,除非下午的天跟龙舌兰酒一样酽酽的,一直到晚上都阴云密布。

如果说为空间划定界限、定义空间并限定它的用途是一门艺术,那么阳台就是建筑这首诗歌中最易产生歧义的地方。阳台是室内与室外交界的地方，比封闭的空间更自由，又比开放的空间更收敛。可以在这儿小酌，但不适合正经吃饭；可以翻翻报纸，但不适合认真看书；如果摆上摇椅或者装上吊床，就可以打个小盹儿，但当然，不适合睡上一整宿，否则就要冒半夜被噩梦吓醒的风险。

我长时间地赖在家中的阳台里，在那里欣赏着初春的马蹄莲托起耸立的雌蕊，宣告冬天的终结；在那里，我每天都为蜂鸟的飞行速度而感到惊奇，它们奇迹般地悬浮在空中，振翅快得看不出，一眨眼间便飞出了视线，连再灵敏的猫也难以察觉。

我就这么坐在阳台的藤椅上，喝着我的龙舌兰酒，既不写东西，也不睡觉。我只是配合着这一过渡的空间，练习着写作与睡眠之间的过渡状态，那就是幻想。

我家的房子是一列火车，车厢、月台和车站一应俱全，每天我都会踏上一段静坐的旅程。不过，我家还是一间图书馆，再没什么比它更适合解决平心静气与飞速疾驰之间的矛盾了。

图书馆这个词或许有点儿神圣不可侵犯的庄重意味，显得格外高高在上，而在某种程度上，这一品质与书本让我产生的关于品位、激情、亲密、喜悦、幸福的联想并不相符。鉴于没有别的词能够形容我家中的藏书带给我的称心快意,我不得不继续使用图书馆这个称呼,同时也是为了消除这个词本身的傲慢之意。

我说的不仅仅是一大堆书本,毕竟图书馆首先是一个个体,这个词本身又是一个集合名词,矛盾的是,这一集合名词加强而非削弱了它的个体性——一间图书馆就像一本大写的书,其中的每本藏书都构成了书中的一页,故而销毁任何一本藏书都并非易事,这无异于从图书馆这本大书中撕下一页。同样的,你可以轻而易举地在书架上找出任何一册藏书,因为图书馆不是杂乱无章的书本的堆积,而是一段连续的语篇,只有当书本被取下时才会改变其语法架构。

不过,**图书馆**一词不仅指那些藏书,还包含了书籍的存放地。围绕在我书桌四周的图书馆,是一片既从容不迫又生机勃勃的空间。说从容不迫,是因为那宁静的氛围,因为其中蕴藉的智慧,更是因为书本服从着绝对的秩序;它们安放在各自的书架上,背对着我们,仿佛被罚站面壁似的。我们只能看到它们的书脊。有些人已经习惯了这样,以为书脊就是书的正面,不必费心打开阅读它们。事实上,当我们从书架上抽出一本书,就等于从茫茫书海中选择了一本,将它从面壁罚站中解救出来,而一旦打开书本阅读,便与之四目相对,满怀爱意地将它读透。正因如此,图书馆同时又是生机勃勃的。

一贯如此,图书馆已经入侵了我的家。书本们宛如获得了生命,生生不息,繁衍壮大,唯一不同的是,它们似乎永远不会死去。舍弃一本书实属不易,哪怕你已经确信再也不会翻开这本书,就这么一直让它面壁罚站,直到书脊上的书名也落满尘埃。唉,一旦成为家中的藏书,又如何舍得把它扔到大街上去呢。

我的书就像图书馆墙上的蔓生植物一样越攀越高,甚至蔓延到了家中的其他地方:餐厅、卧室(床头柜上的书包罗万象)、厨房,甚至是卫生间——顺带一提,阿方索·雷耶斯[一]也把他那藏书颇丰的"阿方索的小教堂"中的侦探小说片区设立在这地方。如今,我的

[一] 阿方索·雷耶斯(Alfonso Reyes, 1889—1959),墨西哥作家。1939年,雷耶斯结束多年外交生涯,回到墨西哥城定居,其家中附设了一间图书馆,后来成为名流云集的沙龙,被称为"阿方索的小教堂"。雷耶斯去世后,"阿方索的小教堂"归入墨西哥城的新莱昂自治大学。

家与图书馆早就融为一体，几乎没留下什么做饭和睡觉的地儿。

我在车厢过道里睡觉。卧铺车厢在火车的中部，我决定在这儿安放我的睡梦与隐私，因为这是唯一一个没有朝街窗口的房间，只有一扇门通往阳台，另两扇通向毗连的房间，故而最易受家中的烦扰影响，也最少受外界的噪音干扰，毕竟我所在的这个街区喧闹极了。即使卧室里没有窗户，夜晚睡梦正酣之时，还是会传来一唱一和、也不知谁应和着谁的顽固狗吠声；发情期的母猫求偶的呻吟声；深夜疾驰而过的车中收音机里传出的热带乐团的旋律，那重低音回响在空荡荡的街道上；喝醉的酒鬼凄凉的啜泣声，他们把餐厅的窗户当作夜游的最后一站，告解着难舍难分的友谊或还没犯下的罪行，抑或二者兼有；沉浸于鱼水之欢的男女偷偷摸摸的喘息声；断断续续地出现在我梦中的忽远忽近的对话声。

我的卧室到了晚上，就变成了过道。

厨房便是火车上的餐车车厢。卡拉斯科姐妹告诉我，原先厨房在屋子后边，也就是餐厅和卫生间旁那个小园子边上，然而那块地盘最终被划给了公寓楼，如今那高楼遮挡了我家的太阳，也拦住了每天黎明的曙光。后来到了50年代，她们又把最后几节车厢折腾了一番，建造了这在当时算得上"现代"的厨房和卫生间。

即便如此，我的厨房也还保留了原有的木炭炉，所以整栋房子时不时闻起来有乡下烧柴火的味道，原始的臼石与研钵也颇有用武之地，甚至压过了诸多分门别类的家用电器。木炭味儿令人想起派对、陶锅、龙舌兰酒、剪纸做的纸旗，还有《萨卡特卡斯进行曲》[一]。

厨房的窗子面向一座喷水池，这喷水池更多出于实用的目的，而非为感官的享受而设。像那些古老的修道院一样，水流从雨水管注入厨房后院的水池中，它不是阿拉伯式的庭院喷泉，而是沉默的基督教式的，不仅裂了口子，而且周围的石栏也很简陋，上面只放了些种着天竺葵的花盆。然而，单单是喷水池这个词，就缓解了花园的干渴，带来了清凉，哪怕从热气腾腾的厨房里看一眼，也感到沁人心脾——尽管我不会唱

[一] 一首墨西哥爱国歌曲，由萨卡特拉卡斯作曲家科迪纳谱写。

颂歌赞美它。

我的厨房配有一间庞大无比的食品储藏室,那便是我家旁边的米斯科阿克市场。

那时我刚从婚姻中解脱出来,搬到这幢提香街的房子里,除了为自己冲上一杯令人心酸的速溶咖啡外,对烹饪一无所知。我担心放任自己草草解决三餐会让人自甘堕落,再说以前我独来独往惯了,总是站在厨房里用手匆匆进食,于是现在我强迫自己必须坐在餐厅里,铺上餐巾,用成套的餐具好好吃一顿——尽管想要丰衣足食,我必须先自己动手。日复一日厨房里的实践,引领我走入了烹饪艺术的领域,从上市场挑选为每道菜准备的原材料,到洗完最后一只脏盘子,我会兢兢业业地完成烹饪所要求的每一道步骤。

既然民以食为天,而饮食之所以为"天",就是因为饮食与市场是文化最主要的表现形式。若要探究一个民族的文化,看它的饮食与市场以及家庭生活的各种其他服务就再合适不过了。

当年新大陆的种种奇闻逸事令征服者大开眼界,其中不得不提的就是特拉特洛尔科市场。贝尔纳尔·迪亚斯·德尔·卡斯蒂略[一]甫一抵达墨西哥的特诺奇蒂特兰城，就对其物产之丰饶、物种之新奇惊叹不已，囿于其见闻，只列举了当时那偌大市场上摆出的商品：珍贵的金银珠宝、棉纱衣裳、被称为"巧克力货币"的可可、龙舌兰纤维织成的毯子、鞋、动物皮革、豆类、牲畜、水果、陶器、蜂蜜、木材、草纸、烟草、草药、盐、燧石折刀、奴隶……

根据阿方索·雷耶斯的《阿纳瓦克[二]见闻录》所述，贝尔纳尔·迪亚斯·德尔·卡斯蒂略的列举有点儿《创世记》的意味：热衷于为事物命名。毕竟，面对市场上繁多的物种，这位撰写信史的殖民者没几个能叫得上名来，只好用熟悉的语言来命名陌生的事物，而更多的时候，只能用直接的比喻来描述这些事物。

单是出于对命名的热衷，我想在这一页写写我家

[一] 贝尔纳尔·迪亚斯·德尔·卡斯蒂略（Bernal Díaz del Castillo, 1496—1580），出生于西班牙，曾在西班牙统帅埃尔南·科尔特斯手下参与西班牙在中美洲的征服战争。84岁时，他撰写了《征服新西班牙信史》（"新西班牙"是墨西哥的旧称），翔实地记载了他年轻时在中美洲的征战情况。

[二] 阿纳瓦克（Anáhuac），古代阿兹特克语中的墨西哥盆地。

的食品储藏室。

笼罩在阴影下的米斯科阿克市场色彩斑斓：水果摊区恰似一座岩洞，里头从天花板挂下来五光十色的糖果罐，仿佛一场开到正酣的派对。水果并非全都包裹在果皮里，许多被剖开或切成了薄片，好显露出那色泽浓郁的果肉，叫顾客们眼花缭乱，十万分地垂涎欲滴——就说雕成花的曼蜜苹果吧，与其说是水果，倒不如说已经成了令人魂牵梦萦的禁果；切成片的西瓜成了夏日里的欢声笑语，正如塔布拉达[一]眼中所见与塔马约[二]画中所画一般；去了皮的芒果化作一朵朵拱起的花朵；锯齿状切开的木瓜好似东方三王的金色王冠；更别说犹如插着玛雅羽冠的菠萝、渗着蜜的人心果、大串的香蕉、咧着嘴的石榴、甜瓜、当之无愧的百香果、仙人掌果、红心火龙果、柑橘，以及各种用大筐装的水果：香梨、像受难基督一样用斗篷遮着脸的苹果、令人尊敬的无花果、油桃、杏子和葡萄，等等。

[一] 何塞·胡安·塔布拉达（José Juan Tablada, 1871—1945），墨西哥诗人。
[二] 鲁菲诺·塔马约（Rufino Tamayo, 1899—1991），墨西哥画家，以用色大胆的半抽象画作著称。

与水果摊参差错落的是蔬菜杂货铺，看起来就像移动的花园，里头应有尽有：欧芹、香菜、西洋菜、菠菜、柠檬、仿佛还沉睡在地底的不起眼的土豆、黄瓜、最饱满的一面向外的红彤彤的番茄、如果不买就得小心别碰伤它的牛油果、蘑菇、生菜、大蒜、白洋葱和紫洋葱，特别是辣椒——绿椒、山椒、厚椒、扁椒、哈瓦那椒、瓜雷斯马椒，等等。干货铺子里成堆地摆着各种干辣椒——圭罗辣椒、皮奎辣椒、瓜希柳辣椒、奇波雷熏椒，旁边就是颜色厚重的各种魔乐酱：黑的红的绿的黄的，五花八门。此外，还有用来做玉米浓汤的剥好的玉米粒儿、用来煮咖啡的红糖，以及核桃、松子、杏仁和巧克力，等等。

另一厢，肉铺里排成一列的屠夫磨刀霍霍，仿佛跟自己较劲儿的勇士一般，干净利落地剁下一条条里脊肉，再平整地砍下一块块带骨的牛排，因日复一日地卖力切肉而变得愈发矮壮。而鸡铺里的店员仿佛理发师一般熟练地剪开鸡肉，鸡腿和鸡胸放一边，鸡头、鸡爪和鸡肝则放在另一边。鱼店里陈列着冷冻柜，里头展示着淡粉色的海鲷、马鲛鱼、张牙舞爪的章鱼，还有按大小摆放的虾，实在是叫人啧啧称奇。

花店里的花儿，或单朵或成束，包括白菊和黄菊、丝绒般的玫瑰、如烟似雾的满天星、祭坛上的剑兰、小雏菊、厚脸皮的天堂鸟、马蹄莲和婚礼用的礼花——新娘的星形花束和新郎的马蹄形花束[一]，而葬礼用的肃穆花圈排着队，等待着被运到最终的目的地。

还有墨西哥的特色甜点：椰子羹、仙人球、南瓜、无花果蜜饯、菠萝、榅桲，不一而足。

米斯科阿克市场里各色货物琳琅满目，日常服务也一应俱全。譬如还未完全被彩色塑料托盘取代的金属托盘、混着猪鬃毛和龙舌兰纤维的刷子、扫帚、水壶、砂锅、得用大蒜修复的陶锅、绳索、餐刀、剪刀、剃刀、五彩缤纷的大花巾、铺在墨西哥式绯红色纸上的巴洛克风格的瓦哈卡特产金丝手工艺品，一旁是咸肉干、干腌肉与别处小贩带来的特拉尤达奶酪玉米薄饼。此外，市场里还有锁匠、水管工、磨刀匠和补鞋匠。

商贩们在市场里招徕顾客，诸如"您想要牛油果

[一] 根据西班牙语国家的习俗，一些家庭会在结婚时在女方家中悬挂星形花束，象征着女性的美丽与智慧；在男方家中悬挂马蹄形花束，象征着男性的坚定与稳重。

吗""您想买点什么"的吆喝声不绝于耳,还有一些人一边叫卖着煤气、水和蜂蜜,一边把兰切拉[一]或是瓜帕丘萨小调[二]的音量调到最高来为自己打广告。

就像我家的火车一样,市场也有自己的四季与节假日表。这些年来,平安夜闹得是越来越晚了,正如埃德蒙多·奥戈曼的警句所言,"圣诞节是商人对从前耶稣驱赶他们的报复"[三],提香街上也涌现出一大堆花花绿绿的摊位,出售圣诞球、装饰圣诞树的彩灯、大小不一的耶稣诞生模型。出于敬畏,那模型中的孩童耶稣竟然造得比生下他的圣母还大,可谓童贞受孕与挂在门上的槲寄生之外的又一奇迹。除了耶稣诞生模型以及种种相关物件,炎热的墨西哥高原上也不乏带着驯鹿和雪橇的塑料圣诞老人。

圣诞过后,人们还没有从接踵而至的庆祝活动中缓过神来——墨西哥城中的狂欢节甚至跟四旬期[四]一

[一] 兰切拉(música ranchera),即墨西哥乡村歌曲。
[二] 瓜帕丘萨小调(música guapachosa),一种热带音乐。
[三] 根据《圣经》记载,为洁净圣殿,耶稣曾多次将圣殿里做买卖的商人驱逐出去。
[四] 四旬期(Cuaresma)是基督教教会年历的一个节期,又称预苦期,即复活节前的四十日准备期。

样持续四十天，从12月1日直到1月10日——三王节〔一〕之夜的玩具大促销就到了。从节日前三天起，街道里随处可见自行车、手推车和玩偶，而电动玩具凭借其爆炸的声响、咄咄逼人的机关枪与酷炫的激光，一年年地逐渐取代了诸如杯与球〔二〕、陀螺、悠悠球、玻璃弹珠一类传统布艺、玻璃或者木制玩具，而这些都是我童年时风靡一时的玩意儿。

三王节过后，人们为了圣烛节〔三〕的到来给小孩子打扮一新，整条街都变成了圣洁的裁缝铺。所有孩子仿佛手肘、手指或者膝盖骨折后受了手术包扎似的，一齐套上宽大的白色蕾丝长袍，穿上泛着马口铁白光的小皮凉鞋，头一次坐上法老式小抬椅。

等到九月，为了庆祝国庆假期，市场里的木质手

〔一〕 每年1月6日是西班牙语国家传统的三王节，传说中东方三王向圣婴献礼的日子。这一天父母要向未成年子女赠送礼品，因而也被称为西语世界的儿童节。
〔二〕 杯与球，一种墨西哥玩具。
〔三〕 每年2月2日是墨西哥传统的圣烛节，又称"圣母行洁净礼日"或"献主节"，即圣母玛利亚产后四十天带着耶稣往耶路撒冷去祈祷的纪念日。这一天人们将孩子打扮成小耶稣的模样，带着圣婴耶稣的雕像去教堂祈祷祝愿。

推车上插满了大大小小的墨西哥国旗，正如洛佩兹·维拉尔德〔一〕诗中那样，祖国变成了温柔可亲的玩具；塑料三色绶带上印着墨西哥独立战争中的英雄形象，包括有点儿受惊的伊达尔戈〔二〕、面带微笑的坚毅的阿连德〔三〕，还有总是侧着脸、像月亮一样神秘的"地方女长官"〔四〕。

随后便是十月末庆祝的亡灵节：万寿菊花束、等待着命名的糖头骨〔五〕、插着乌木线香的小炉，还有南瓜、地瓜、无花果一类的时令甜食……与国外流行过来的万圣节、画着电视中的怪物或编造出来的巫婆形象的面具相映成趣。

等到圣诞节再次到来时，装在罐子里的什锦糖果、

〔一〕 洛佩兹·维拉尔德（López Velarde, 1888—1921），墨西哥诗人，曾写下被誉为墨西哥国诗的《温柔的祖国》。
〔二〕 米格尔·伊达尔戈（Miguel Hidalgo, 1753—1811），墨西哥独立战争最早的领导人，被尊称为墨西哥"国父"。
〔三〕 伊格纳西奥·阿连德（Ignacio Allende, 1769—1811），墨西哥独立战争领袖之一。
〔四〕 何塞法·奥尔蒂斯·德·多明戈斯（Josefa Ortiz de Domínguez, 1768—1829），墨西哥独立运动的功臣之一，因曾与殖民地地方长官结婚而被尊称为"地方女长官"。
〔五〕 墨西哥亡灵节时，人们用糖或黏土制成的装饰性的小骷髅头骨，以纪念去世的亲人。

甘蔗、青柠、柑橘、苹果、花生已经堆积如山。

从三月到八月的这段时间里，芒果是唯一的节日。先是半青的佩塔贡芒果，下头鼓囊囊的，适合撒点儿盐和柠檬汁，配上小皮奎干辣椒一起吃。然后诱人的马尼拉芒果才上市，毋庸置疑，它的存在是造物主最棒的发明。

市场里庆祝活动的喧嚣也会钻过门窗传到我家里来。圣诞节时，耳边便会响起西班牙语圣诞颂歌和《鼓童》〔一〕的旋律，直到我听腻为止。而三王节时，尤其是吵吵嚷嚷的玩具大促销之夜，我甚至没法出门，因为无穷无尽的玩具堵住了家门。到了男女老少普天同庆的亡灵节，乌木线香的味道还会飘入厨房中，而里头烹饪的食物仿佛也变成了节日的祭品。

我不知道到底是为什么。我不庆祝这些节日是因为从小我就被教育：家里只庆祝圣诞节，虽然圣诞树带有极强的宗教意味，但这棵异教的树也会给"圣诞"蒙尘。也不是为了过时的民俗，更不是为了信仰。也许我这么做只是想养成某种习惯，只是单纯想拥有

〔一〕 一首传统西班牙语圣诞歌曲。

一种归属感，或者说，因为我已经习惯，已经有了归属感。没错，尽管我不信教，也不是狂热的民族主义者，但每年的圣诞节，佩利瑟式的喜悦压倒了那段日子里园中弥漫的比亚鲁提亚式的悲伤，我会在阳台上摆上耶稣诞生模型——尽管它深具宗教意义，也还是会被世俗的树挡住——于是所有经过提香街进出市场的人都要探头看上两眼，被那只反刍时瞪着眼的大骆驼逗乐。而每个九月，我都会在门前挂起墨西哥国旗，下方还有个我新近安上去的铃铛，那正是多洛雷斯之钟〔一〕的小小仿制品。如此而已。另外，每年十一月，我都会去祭奠逝去的亲人，在黄紫相间的花海与线香之间，献上属于他们的香烟和龙舌兰酒。

只要我还活着，我就会一直这么干。只要我还住在米斯科阿克街区的家里。只要我还住在我家这列火车上。

1993

〔一〕 墨西哥独立战争中，米格尔·伊达尔戈曾敲响多洛雷斯之钟呼唤人民觉醒，抵抗暴行。

为我的家守灵

李毓琦 | 译

住在米斯科阿克街区的第十七个年头,快到年底时,我正在为我的家守灵。

我的书不在身边了,收纳它们的橡木书架也没了,只剩下四面光秃秃的石墙。

墙壁上的装饰画取了下来,露出清晰的印子,仿佛挂起这些画就是为那一片空间遮挡灰尘似的。

杂物间里再也没有了杂物。桌上的肖像撤走了,浴室里的药柜里也没有药了。灯具里的灯泡没了,于是现在那里光秃秃的,甚至显得有点儿污秽,堆满书桌的文件也没了,好像所有悬而未决的事项都奇迹般地办完了。

书桌的抽屉里空空如也，玻璃橱以前用来存放殖民前时期的器皿或者古本珍本书籍，现在也清空了。没有容物，只剩容器：空荡荡的立柜、饿着肚子的食品柜，还有被月光消融而又再现的衣橱。

所有书都码放在用绳子捆好的纸箱里，等待着按照新的语法排列。手头不再有书的陪伴，我感到茫然无措。如果我写这一页这会儿需要查某个单词的意思，再也没有字典可以求助了。

好在还剩最后一点儿搬家——听起来像个比喻，因为"搬家"不能指代任何名词——我还留着两套衣服、一只盘子、一盏茶杯、一把咖啡壶、一瓶龙舌兰酒、一个龙舌兰酒杯、一些必要的个人用品，以及我现在用的一支鹰眺牌二又二分之一型号的铅笔和一个笔记本。

我要到外面园子里去晒晒太阳，因为这屋子又高又深，本身就阴冷，尤其现在到了冬天，卷起了地毯，搬走了靠着墙堆起来的书，又熄灭了灶台，更是快要冻僵了。

除了晒太阳，我还要坐在我的藤椅上喝点儿龙舌兰酒，趁着柠檬树的果子还在，摘下一颗柠檬，然后从花园里看着这栋搬空的房子,犹如一张年代久远的泛黄的照片。

在这如日历般四季分明的花园,每年此时,除却依然果实累累的青柠和柠檬、几株马蹄莲与顽强的圣草〔一〕,到处都是一派荒芜。

我坐在紫藤下,到了这万物凋敝的年景,藤架也不再洒下阴凉。当枝头的绿叶凋零,它不过是由干枯而悲伤的枝条织成的又粗又硬的屏障罢了。只有等到春天降临,紫藤才会依着时令,盛放之后生出郁郁葱葱的绿叶。然而到了那时,我已经不在这儿了。我手里端着龙舌兰酒,第一次想到,那时它也不在这儿了。我一旦离开,推土机的机铲就会齐齐斩断它的枝条,并以同样的方式将这座百年老宅夷为平地。取而代之的是一座小型现代购物中心,就在这儿,就在米斯科阿克市场旁边。我有一种痛苦的预感:等我走了,这房子也会像对面那幢曾经是中学的房子一样被拆毁。那房子与我家年纪一般大,噢,不是我的,而是我的房东,卡拉斯科小姐们的房子。

〔一〕 即花园中的野生针茅,因有所裨益而被作者称为"圣草"。

我就在这儿,坐在我的藤椅上,在已然分辨不出往日模样的交错纵横的紫藤枝条底下,喝着龙舌兰酒,配上刚从树上摘下的柠檬。

猫咪也晒着太阳,昏昏欲睡。我的猫都没有名字,也许我应该说"猫",而不是"我的猫"。我不想给它们起名儿,尽管我乐于给所有事物起名儿。我只是不想让自己迷上它们,因为我不想看到它们由于一味在家里陪着我、跟我玩儿、让我爱抚,而耽误了赶走市场里老鼠的大计。正因如此,我既不给它们起名儿,也不怎么喂它们。等到最后搬走的时候,我或许会怀着些许悲伤丢下这些没有名字的猫咪,然而我心中清楚,市场已经足够喂饱它们。

我每叹一口气、每咽下一口龙舌兰酒,藤椅都会嘎吱作响。圣皋如今长得极高,已经淹没了房子的阳台。因为打包了剃须刀,我有四天没刮胡子了,没想到长出来的胡子竟是如此的斑白。

我什么时候还能有机会,亲手从柠檬树上摘下一颗柠檬来配我的龙舌兰酒?

一年快到头了,耳边不断地传来西班牙语圣诞颂歌和《鼓童》的旋律。

我觉得是房子要走了（它没白建成火车的模样），而等房子离开很久，我还会待在这儿，坐在藤椅上，在紫藤下喝着龙舌兰酒。我想到马尔科姆·洛瑞[一]和他震惊的火山，想到奎尔纳瓦卡[二]，想到像紫藤一样先开花后长叶的蓝花楹。洛瑞在火山之下，而我在紫藤下面。

然而离开的不是房子，是我。可是我却认为没有我，这房子已经死了。并非由于它随时面临着被摧毁的危险，而是因为我自身的离去，因为我们的分离。我不得不离开我曾经赋予生命的房子，是我的房东卡拉斯科小姐们要求我离开它。我头一次明白了流亡的痛苦滋味。

突然之间，猛地咽下一口龙舌兰酒后，我坐在藤椅上，被四只猫咪亲密无间地包围着，眼睛就像马尔科姆·洛瑞故事里那样亮了起来，仿佛目睹了一次瓜达卢佩圣母[三]显灵的奇迹——在那明显凋敝了的紫藤

[一] 马尔科姆·洛瑞（Malcolm Lowry, 1909—1957），英国诗人、小说家，代表作《火山之下》讲述的是1938年万圣节当天，一个酗酒的英国领事在一个墨西哥小镇的故事。
[二] 墨西哥莫雷洛斯州首府。
[三] 墨西哥天主教崇拜的圣母形象。

干枯的枝丫中，如严冬里的一串葡萄般，慷慨地绽放着一簇淡紫的花朵，好似向我道别致意，又好似一抹春天的征兆，一个活下去的允诺。

一口龙舌兰酒也没有了，贡萨洛。

没有爸爸的肖像凝视着我的书桌，今晚我写作的时候，只能无依无靠、孤身一人地漂泊。

我还剩几天可以哀悼。几天几夜。新房子尚未完工，木匠还在打书柜，进展十分缓慢，因为油漆工将油漆撒到了正在铺设的过道上。等到墙壁粉刷一新了，木匠又会溅清漆到墙上，真不知道什么时候才是个头。兴许我得在这幢全是空荡荡的家具与满当当的箱子的房子里再待上两三天，在空无一物的桌子上，以最朴素的方式给我的房东卡拉斯科小姐们写信。尽管我猜，现在我可能要一直待到三王节以后，因为在那之前，堆在街上无穷无尽的玩具会堵住我的门，让我没法取走我的东西。希望这点儿延迟不会打扰你们，卡拉斯科小姐们。

现在，我把房子物归原主。你们就出生在这幢房子里，而我的书桌也在这儿，我笔下每一页文字诞生的地方。一百年前，你们的祖父建造了这幢房子，那时候米斯科阿克街区还是靠丰沛的河流来划分界限的，如今那些河流都干涸了，要么就被装进了管道。这幢屋顶高得近乎傲慢的房子啊，墙壁纵深，侧边开窗，一天中的任何时候都可以暗如黑夜。

既然我现在要走了，就不得不告诉你们，卡拉斯科小姐们，这幢房子有不少这个年纪该有的毛病：水管经常无缘无故地抽泣，喷水池的水量并不稳定，出水时断时续，而木地板则日复一日被遍布各个角落的飞蛾啃噬着，于是可以料见的是房子的地板往下陷了半米之多，人好像走在地底下一样。你们知道，这些毛病并不是我照管不善造成的，相反，正如你们所知，在我租住期间的打理下，房子的状态明显地改善了。我更换了朝街的木窗，因为长期在外日晒雨淋，木头已经腐烂了。我洗掉了壁板、地板、窗板、房间的门和门框上一个世纪以来刷上的十几层厚重的清漆和油漆，露出了原木本来的颜色，这样，飞蛾变化莫测的行踪就无所遁形了。我为紫藤沿着花园里的小径铺了一张"床"——你们是这么叫那藤架的——于是紫藤可以平缓地流淌在藤架上，而不是只能垂直依附在石墙上，显得茫然无措、杂乱无章。就这样，我留下了一个头顶繁花笼罩、芳香若隐若现的花园，还在毗邻的墙根处种了些三角梅，这种植物一旦适应了水土，便会花团锦簇；几棵香桃木勾勒出通往图书馆的路；还有一株我一住进来便亲手栽下的橙子树，如今以塞维利亚[一]式的热情结出不少硕果，与花园里另两株枝叶交错的青柠树与柠檬树旗鼓相当。我想，如果你们不介意的话，我还会留下阳台上的桌子和朴素的木凳，这套桌椅除了阳台，哪里都摆不下。自从我搬到米斯科阿克以来，它们便一直在阳台上岿然不动，不像家具[二]，倒像是某种不动产。

大约十七年前，我来到米斯科阿克街区，是因为你们在报纸上刊登了一则直截了当的诚实的广告：

旧屋出租

无壁柜和车库

米斯科阿克街区提香街 26 号

[一] 西班牙塞维利亚以橙子树闻名，街头巷角种满了橙子树。
[二] 西班牙语中"家具"（mueble）一词也可作形容词，意为"可移动的"，此处一语双关。

那段日子我正为关节炎所苦，行动不便，疼痛难耐，心情十分憋屈。如果说灵魂的疼痛使人高贵，那么身体的疼痛便是对人的羞辱与蹂躏。还记得我们见面时我坐在轮椅上吗？

我让我的妹妹罗莎去看看那幢坦然宣告自己缺点的房子。她高兴地回来了。根据那时她的追求者阿莱杭德罗的说法，那房子的模样与哈瓦那边上陈列着非洲裔古巴人阿巴库阿〔一〕崇拜的祭祀遗物的瓜纳巴科博物馆很像，尽管规模不同。

"此外，"阿莱杭德罗说，"还有一株紫藤。"

他一说，我脑海中就勾勒出一幢宽敞而体面的房子，风格介乎于哈瓦那式与威尼斯式之间。仅仅听了阿莱杭德罗的一番口头描述，加上罗莎描绘得栩栩如生的画面，我便租下了它。

我和罗莎决定一同住在提香街的房子里，就像胡里奥·科塔萨尔一篇叫作《被侵占的宅子》的故事一样，"兄妹俩简单而沉默地同居"。现在那故事偷偷渗入了我正写着的字里行间，你们姐妹，特别是您，如

〔一〕 阿巴库啊，一种全由男性组成的古巴秘密宗教。

60

此热爱文学的贝尔塔小姐，大概很乐意读一读。或许您会觉得那故事有点儿奇怪，尤其是与您一贯读的小说迥然不同，因为我猜您读的肯定是佩雷斯·加尔多斯、玛格丽特·米切尔[一]或莫里斯·韦斯特[二]，而不是胡里奥·科塔萨尔。

罗莎和我一起生活了一年。那段时间里，我们靠彼此战胜了孤独。然而，尽管房子很宽敞，却不适合两人同住。罗莎的卧室在我的房间和家里唯一的卫生间之间，所以晚上需要起夜时，她只能先绕到阳台，打开厨房的门，最后再从另一边走进卫生间。对她来说，已是如此一番费劲的周折，要是换作需要拄拐前往的我，就更无法忍受了。话又说回来，我和罗莎同居的那一年过得还是挺开心的，她的笑声点亮了我们的家，整栋房子从墙壁到每个角落都彰显出她出色的品位。直到不幸的一天到来，她决定搬离提香街的房子，不仅是出于这房子布局造成的与我同居的不便，

[一] 玛格丽特·米切尔（Margaret Mitchel, 1900—1949），美国著名作家，代表作为长篇小说《飘》。
[二] 莫里斯·韦斯特（Morris West, 1916—1999），澳大利亚小说家。

或者她和阿莱杭德罗的关系自然而然的需求，而且是因为她对天天扰得她不得安宁的这个租住的街区实在忍无可忍——不仅是她，我也只是这片街区的租客而已，只要一出门，罗萨的随意性感就会让街区里各位大男子主义的男性居民直接吐出最为粗俗的字眼。然而街区的敌意并不总是直接表现出来，而是时不时迂回甚至不经意地膈应人，比如不知是谁每天没完没了地堆在我书房的窗下的一袋袋垃圾、大门上总是新鲜的尿渍，还有常年烂醉如泥地睡在我咖啡牛奶色的大众牌汽车下的并无恶意的醉汉。

罗莎一走，房子仿佛直接压到了我身上。这间屋子对我一个人来说太大了。除了书本、书架、我的床和书桌，所有的家具都是罗莎的，所以当她将她的家什搬走，房子就变成了一个偌大的黑洞，过上一阵子，我就不得不在文章中将其描述为隧道而不是客运列车。

我想过搬家，然而是书本把我挽留了下来。它们如此幸福安详地沿着高耸的墙壁堆起，挪开它们就跟拔起扎了根的常青藤没什么两样。我又能把它们移到哪儿去呢，譬如，一间时下建造的公寓？那样的公寓，连不算高的人蹭到天花板的墙灰也不必大惊小怪，根本不可能装下我的书。

罗莎搬走后，我的房租翻了一倍，不过，我还是决定留下来。

我将花园耕耘成了果园，在精心照料、轻声细语甚至言语相逼之下，紫藤也开花了。我整理了书房——整个图书馆最难搞的部分，那里文件、报刊、待处理的书籍、电话簿堆积如山，根本没给书本留下立脚的地儿，更没法放下本就卷帙浩繁的书籍，于是书只能像杂志一样一本本摞起来，摇摇欲坠，无精打采。并且，由于我工作的特性，书房渐渐成了家中最有活力的地方，总是雷打不动地摊着一本打开的书，摆着一台坚固的打字机，一架顽固的电话。餐厅里有桌子，桌上铺着桌布，每一次进餐，都会有餐盘、玻璃杯、餐具和餐巾，厨房也学会了用木头器皿、锡制酒杯和陶锅做饭。阳台上添了些栽着欧洲蕨、幸运竹以及其他能洒下阴凉的植物的大花盆，还放了一把舒适的靠背椅，可以随时坐下来翻翻报纸，喝上一杯龙舌兰酒。连卧室也变得舒适而亲昵，尽管位于房子中间，饱受其他房间影响，我也接受了。

然而，我对这间屋子和周围的街区重新产生好感，还要归功于文字，及其驯服现实并让房子变得宜居的能力。我开始书写我的家与它火车般的建筑，写家里的紫藤、米斯科阿克街区与其附带的邻居们：园丁、醉汉，还有吞火的魔术师。现在我不能弃之而去了，因为事物也好人也好，只要一经命名描述，就获得了某种尊严与地位，变得讨人喜欢起来。

我的声音也融入了从这儿经过的熙熙攘攘的人群之中（如果我是这列火车的司机，他们就是乘客）。周围人的话音遗留在空气里，萦绕在家里的墙壁、家具和书本之中。他们的欢笑、凝视与高潮（冒犯了，卡拉斯科小姐们）都经久不散。

唉，卡拉斯科小姐们，为什么在我住进这间屋子十七年后，当我终于通过文字将它驯服以后，你们又要向我收回这房子？

我会想念宽敞的房间、纵深的墙壁，还有让人心神驰荡的高高的屋顶，以及准时盛开的紫藤，如今她违背了时令，在严冬里为我绽放了一朵告别之花。拜托，等我走了，你们收回房子以后，请别忘记跟紫藤说说话。我并不相信那些东西，但我恳求你们这么做，并且要使劲儿地说,因为她耳朵有点儿背,如果不大声说,她根本就不会开花。我不知道离了我的——对不起,应该是你们的——紫藤日历,我要怎么生活。我会把冬天和春天弄混,随后再也分不清浮现我脑海中的诗句到底是佩利瑟的还是比亚鲁提亚[一]的。

我会想念刚过中午时窗户紧闭带来的幽暗,好保护我睡上一场绝不将就的午觉,或者在午后尽情欢爱。衣柜的镜子也不再映出同样的景象,将我的床榻上演过的一切激烈的情事(请原谅)都忘得一干二净。

我会想念还在使用木炭炉的厨房,想念那古老得闻起来像乡下烧柴的味道,想念那片市场、商贩与其馈赠:街对面的钟表匠、鞋匠、磨刀匠、小旅馆、拐角处的药房、除了元旦一天全年二十四小时不打烊的巴黎咖啡馆、即使写错了地址也能顺利送信到我手上的邮递员,还有叫卖水和煤气的夸张吆喝、让我头到最难买的几张波莱罗舞曲的唱片店放的音乐,以及悲伤的节日里瓦哈卡乐队一连几个下午响彻云霄的乐声。

[一] 在另一篇小说中,作者用墨西哥诗人卡洛斯·佩利瑟来命名夏季,用诗人哈维尔·比亚鲁提亚来命名冬季。

我还会想念玛格利多，一个歪脸、跛脚、斜眼（还好不是独臂）的弹木琴的家伙，仅凭一人就组成了有"恰帕斯之魂"美称的乐队，有时候他会进屋来，用《桑通加》《柳树与棕榈树》或者《上帝永生》[一]的旋律伴着我喝龙舌兰酒。我想念奎罗，他敬重我是个大学老师，每天早上卖给我鲜榨的橙汁只象征性地收点儿钱，以及那些一早围着他的摊位打转、为了打发宿醉找蛋黄雪莉酒喝的醉汉们。我想念路易斯兄弟们，十五年以来，他们的流动海鲜摊一直卖给我最好的生蚝。还有莫利纳先生，只要就着我完全不了解的话题跟他侃上一阵，就能以公道的价格买到全国最好的培根。我还想念"船"餐厅的"船员"们，他们用孩子气的手法和僧侣般的耐心为我清理螃蟹。

从现在起，谁来替我更换手表的电池？谁来补上我破洞的半边鞋底儿？我上哪儿去买信得过的新鲜生蚝？当凌晨三点饥饿袭来，如果不能去不打烊的巴黎咖啡馆吃点儿完美混合了经典与巴洛克风格的古巴三明治，我又该吃点儿什么呢？不管身处何地、人在何

〔一〕 均为墨西哥民间歌曲。

方，难道我天天都得往米斯科阿克街区跑吗？

　　我失去了这房子本身以及附近空间的便利，换来了一些我不确定的所谓的舒坦。譬如一直照到墙角的充足采光，不像提香街的房子，太阳光最多只能落到墙中间，照亮了摆在高高的桌子上为数不多的电器，仿佛宣扬着现代性的胜利；又譬如分散的房间带来的私密性，这一点其实对我无关紧要，因为就算处于恋爱关系中，我也选择独居，什么想一个人待着、把自己关在书房里以免分心受打扰，都不在我的考虑范围内；还有全新的排水通畅的下水管道、五花八门的屏幕播放和通信设备，以及一间现代化的厨房，无数高度专业化的家用电器在里头同时高效运转着，其繁多的功能如今取代了巴尔多梅拉[一]时期史前智慧发明的臼石与研钵。

　　我知道你们深爱这幢庇荫家族的房子，卡拉斯科小姐们，希望你们不要最终把它交到贪婪的商人手上；希望你们不要受到现代性的蛊惑，正是它凌驾于温情的回

[一] 巴尔多梅拉（Baldomera），《圣经》中阿拉伯人的始祖以实玛利的驴子的名字，此处意指历史久远。

忆之上，没给我们的城市留下一片满含记忆的土地。

既然你们要我移交房子，我只好强迫自己多想想这栋建筑的缺点，还有它所在街区的种种不堪。从前我怎样用文字驯服现实、让房子变得宜居，如今就怎样用文字逼迫自己抛弃它，只有拼命动用头脑说服自己，才能忍心离开。

我要离开这幢我压根儿看不上眼的提香街的房子。因为没有车库，我不得不把车停在大街上，尽管安了警报，车子还是不断被袭击。顺带一提，那辆从我自个儿家门口被偷走的大众牌汽车再也没出现过。尽管有你们帮我说情，米格尔安赫尔街的修女们同意把那里的车库租给我，然而不管是独身还是有伴儿的情况下，我都不敢在夜里走完那从修道院到我家的区区两三百米，自然也没法把车停在那儿。有一次，我差点儿吓掉了老命，那事儿我想都不想提起。这幢房子已经变成了公共厕所，必须躲开路上的重重狗屎和人屎，才能走到那必定溅了尿渍（请原谅）的家门口。有一次我曾经想，要不要在大门门框上，行人撒尿的地方上头，砌上一块镶嵌着可敬的瓜达卢佩圣母像的瓷砖，看看他们会不会多少生出点儿敬畏之心。但我害怕亵渎神灵——噢，亲爱的圣母，你得原谅我——不过现在我走了，也没机会这么干了。市场里的老鼠静悄悄地滋生在我所在的街道，就连我的猫也对从地板底下钻出来的老鼠无能为力：它们半夜在家里窜来窜去的动静令人毛骨悚然，被吵醒后的我目睹了它们张着嘴在我房间的通风口嗅来嗅去的样子。

这块地盘上的小混混团伙，尤其是晃悠在周围这一小片的叫"阿方索十三世"的一派，经常在我家的墙头用喷漆涂鸦，以朋克的字体画上介乎游击队与佛教之间的口号。最近他们不怎么过来了，然而多年以来，我书房和餐厅的窗户对着的吉亚因小巷一直就是他们决斗的场所。有几个地狱般的夜晚，他们嚣张地彼此互扔酒瓶，链子作响、拳脚相向，遍体鳞伤的受害者流血不止，闹出的响动宛如立体声般清晰地环绕在我耳畔。

卡拉斯科小姐们，你们打算怎么做？千万别改变这座百年老宅用于居住的使命，与此同时，我心里也清楚，这房子是日复一日地不适于居住了。

我实在没弄明白的是，为什么你们在我近十七年来按时缴纳一百九十八个月的房租之后，还要收回租给我的房子。我理解，令堂去世后——愿她在天堂安息——有必要厘清财产，你们决定变卖这份不动产，而我就是绝佳收购人选。因为作为多年的租户，我在法律上拥有优先购买权，而且我还与你们一道为这房子投入了不少心血。然而，你们给出的报价完全超过了我的经济承受范围，而且，报价中还将我本人对房子的所有修缮费用也包含在内，例如将地板和门窗修葺一新、粉刷房间、搭紫藤花架和园艺，尤其是我的藏书、挂画、文字以及我的一切为这幢房子创造的美妙的氛围。经过我的一番打理，房价涨到了我买不起的价格。我由衷地认为，照这个价，除非你们最后决定拆了它，否则根本卖不出去。

卡拉斯科小姐们，你们出生在这幢一百年前由祖父建造的房子里，而我也在某种程度上在这儿重生。我非常担心它会被拆毁，变成一个停车场，一座装土豆的仓库，一家安着吸引韩国人的街头游戏机的小型购物中心，一所专放垃圾电影的电影院，抑或一间卖热狗、汉堡或比萨的小店。

可怕的自动推土机将会推倒几天前还被书本覆盖的高墙，而它的机铲会连根拔起那棵有着百年历史的紫藤，因为所有人都会认为它已经枯死了，没人会留意到昨日她违背时令为我绽放的花朵。但是，我又能说什么呢。人们就算看到过她的葱茏郁翠，也依然要把她连根拔除。同样的地方，曾有好几条大河流淌而过，滋养了沿岸葳蕤的树木，如今在这片寸草不生的铺平的地面上，小小一棵紫藤又算得了什么呢。

我这就把房子还给你们，卡拉斯科小姐们。即便我走了，我曾经生活在屋里的幻想也会一直延续到我死的那天。要不是你们向我收回这幢房子，我本该用幻想填满它，我素来是个能够用文字苦中作乐、从缺点中发现优点的人。文学的力量是如此强大，而我的意志又是如此坚定。我很乐意我的子孙和朋友们在这儿为我守灵，然而如今是不可能了。现在是由我怀着哀恸，来提前为我的家守灵。

1994

Jorge Volpi
豪尔赫·博尔皮

墨西哥国立自治大学墨西哥文学学士、硕士,萨拉曼卡大学西班牙语文学博士。曾任教于埃默里大学、普埃布拉美洲大学、康奈尔大学、普林斯顿大学和智利天主教大学。2008年起在墨西哥国立自治大学哲学与文学系教授"西班牙人的迁移"课程。著有多部小说,代表作为《权力四部曲》,其中包含小说《寻找克林索尔》《疯狂的终结》《灰烬时代》与《欺诈回忆录》,以及散文《传染性的谎言》《玻利瓦尔的失眠》《读心》与《家父的考验》。作品被翻译成三十多种语言。曾荣获简明丛书奖、格林扎内·卡沃尔两洋奖、圣路易斯·波托西国家故事奖等。2009年,凭借其所有作品荣获智利何塞·多诺索文学奖。荣获法国文化艺术勋章与西班牙伊莎贝尔女王勋章。曾担任墨西哥学院巴黎分院院长与Canal 22电视台台长,并于2012年起担任塞万提斯艺术节总负责人。

诗艺

毛源源 | 译

献给他者

我要以一个原则性的声明来开始这个故事：我是作品中的一个人物，而我准备谈一谈有我出场的那些书的作者（说一说他的坏话）。我很清楚，这事儿没什么新鲜的。和他不同，我不会为了装模作样而戴玳瑁眼镜或者穿亚麻背心，但是被这样一个好事之徒创造出来可不是我的错。这家伙还不到三十五岁，在得了一个鬼知道是干什么（我猜是跟智力有关）的"斯芬克斯短篇小说奖"之后，仅仅因为塞万提斯和乌纳穆诺出现在了伍迪·艾伦的最新一部电影[一]中，就想着他

[一] 这里或指伍迪·艾伦于1985年执导的电影《开罗紫玫瑰》。——译注（本篇以下除"人物注"之外，皆为译注。）

也能对他们的资源加以利用。

要想知道我指的是哪种家伙，只要匆匆瞄一眼他的简历就行了（他每天早上洗澡前都要润色一下简历）：

圣地亚哥·孔特雷拉斯（特斯科科，墨西哥，1971）。在决定全身心投身文学前，他完成了医学、法律和人类学的学业。[一] 他参加过无数个全国文学竞赛，但他获得的第一个承认来自国外。那是在1995年，他获得了阿尔科孔城[二] 短篇小说二等奖，是第一位获此殊荣的拉美人。受此激励，一年后他又凭借《关于医生阿里斯蒂德斯·卡普钦斯基的猜想》这一故事获得了胡安·鲁尔福奖，该故事近期已由"无墨出版社"出版（托卢卡，

[一] 这一英勇决定只意味着两件事：a) 圣地亚哥学习了两个专业，但没有一个专业坚持到了第二年（人类学课程只上了一个月）；b) 以对艺术的热爱为借口，圣地亚哥相信他的父母能一直养活他，直到他的孩子——也就是他的书——能养活他为止。——人物注（人物注为作者原注。以下文字中，同类注释只标记，不再说明。）
[二] 阿尔科孔，西班牙马德里自治区城市名。

1997）。〔一〕

他有以下几本著作：《我将唾弃你的坟墓》（鹦鹉图书，特斯科科，1994）和《请问，我能去洗手间吗？》（交叉笔记，哈拉帕，1995）属于其写作第一阶段。长篇小说《游戏的缪斯》（华金·莫尔蒂斯出版社，墨西哥城，1996）和《论女人》（大地深处，墨西哥城，1997）意味着他的创作开始变得成熟。近期，丰泉出版社将在墨西哥和西班牙出版其"斯芬克斯短篇小说奖"的获奖作品——《芝诺悖论》。

他曾四次获得国家文化艺术基金会提供的奖学金。尽管他号称与归类之举势不两立，并认为他的成功并不归于"年轻作家"而是归于他多年的努力，他还是被看作是他那一代中最有前途的

〔一〕 阿尔科孔城短篇小说奖是《西班牙文学大赛与文学奖项指南》登记在册的527个文学奖项之一（富恩特塔哈，马德里，1996）。这是该奖第一次颁发。至于另外一个奖项，作为魔幻现实主义的接班人，墨西哥有太多以《佩德罗·巴拉莫》的作者来命名的奖项。在这种情况下，需要澄清的是，这里所指的是"胡安·鲁尔福飞机故事奖"，由墨西哥航空公司和科罗娜啤酒公司赞助。——人物注

作家。目前他正在准备个人自传以及基于其作品《游戏的缪斯》改编的电影剧本。[一]

而我甚至连名字都没有,尽管在另一个意义上,也可以说我拥有的名字比我想要的要多:圣地亚哥在三部长篇小说和十几个短篇小说中为我赋予了不同的称号。当他脑子灵光一点的时候,他会给我起名叫阿里斯蒂德斯·卡普钦斯基或者吉尔伯特·奥沙利文——比如在一部关于中世纪爱尔兰的文稿中;但绝大多数情况下,我都得将希尔维斯特雷·卡布雷拉、萨托尼诺·科罗米纳斯、扫罗·卡马乔以及其他那些由其源头衍生而来并经过巨大变化的姓名据为己有。[二] 但这还不算什么。更糟的是,不管我叫什么,他都总是以同一种性格将我与

[一] 35岁之前完成了六本书!以及两个"创作阶段"!真是议论纷纷。但是,我有个问题:当他说"他被看作是……的小说家"等等的时候,有人能告知我,是谁发表的这些言论吗?——人物注

[二] 希尔维斯特雷·卡布雷拉(Silvestre Cabrera)、萨托尼诺·科罗米纳斯(Saturnino Corominas)、扫罗·卡马乔(Saul Camacho)和圣地亚哥·孔特雷拉斯(Santiago Contreras)的姓名字母缩写都是 S.C.,故而前三个名字都是圣地亚哥·孔特雷拉斯的"变体"。

其他人区分开来：真不幸，那便是圣地亚哥本人和他永远也不可能成为的那种人的混合体。也许有人会发誓说，当一位作家在其书中刻画自己时，会过上一种他本不可能拥有的生活。他会在其中展开最异想天开的幻想，会实现那些他总也达不到的目标；那我就不懂了，为什么一篇接一篇，我仍然和他一样愚蠢。

在圣地亚哥的全集中，我们可以数出来超过四十桩暴力凶杀，其中包括一次肢解（这让他姐姐呕吐不已，导致她看了两年的心理医生）、几次决斗、一次向萨尔瓦多·埃利松多〔一〕致敬的中国酷刑，甚至还有一次由冷酷的卡普钦斯基医生操刀的细致解剖。但实际上，圣地亚哥从未见过尸体，更不用说他同行们的尸体了。后来，在《芝诺悖论》中，他让我用一种冷漠下流的语言来描述其所见所感。他声称受到了雷蒙德·卡佛〔二〕的影响：

〔一〕 萨尔瓦多·埃利松多（Salvador Elizondo, 1932 –2006），墨西哥作家，翻译家、文学评论家。其作品《法拉伯夫，瞬间的报道》(*Farabeuf o la crónica de un instante*) 的创作灵感来自一张描绘中国凌迟场景的照片。
〔二〕 雷蒙德·卡佛（Raymond Carver, 1938—1988），美国小说家、诗人。

> 我看到他了。他躺在地上，像是我妹妹的一个芭比娃娃。他剖开的腹部让我想起学校里的青蛙。我没有凑近看，因为我怕弄脏我菱形图案的袜子。

（第14页）

而现实生活中的场景则寒碜多了：圣地亚哥跑出了房间，一冲到街上便晕倒在苏珊娜·鲁瓦尔卡瓦——写出《阴茎》的那位著名作家——肥胖的手臂中。

由于胡安·哈科沃·迪特里希的死亡，新闻记者们才发现原来他用的是笔名：在他的皮夹里有一张驾照，上面的名字是胡安·哈科沃·雷耶斯。照片是他本人，这意味着那个不寻常的姓氏不过是这位酷爱德国文化的已故短篇小说家的又一个怪癖罢了。与此同时，给他验完尸的那位敏感的美国医生不出两秒便确认，由于这瓶毒药，如果胡安·哈科沃的下一本书还能出版的话，书的腰封上肯定得印上"遗作"二字。

圣地亚哥和胡安·哈科沃从中学起就是同学。他俩是通过两人第一次参加的文学比赛相识的。他们的学校由圣母小昆仲会[一]经营管理，文学之爱并非其办学特色，但是出于某种原因，学校还保留了一个短篇小说奖，据说卡洛斯·富恩特斯就拿过这个奖。实际上，这个传说搞得过于言过其实了：年少的富恩特斯出现在年刊上，他脸上还未长胡子，戴着宽大的眼镜，闪耀着稍纵即逝的神圣之感。他并不满足于只拿个第一名，而是用三个不同的笔名包揽了金银铜牌。尽管那时圣地亚哥还是一个腼腆的小男孩，总是坐在教室的最后几排，但他内心是十分高傲和狂妄的。他不满足于仅仅模仿《奥拉》[二]作者的壮举，而是准备嘲弄它：因此他送去了十个不同的故事，准备一下子包揽比赛的前十名。他差一点就能得偿所愿了：宣布他愿望落空的那一天，他得知他的作品包揽了第二名到第十一名；一个叫胡安·哈科沃的陌生人将第一名收入囊中。

在他最初的几篇草稿之一《处女与蛇》中，圣地

[一] 圣母小昆仲会，也译作法国圣母昆仲会、圣母文学会、圣母修会或主母会，是一个天主教修会。
[二] 《奥拉》(*Aura*)，卡洛斯·富恩特斯于1962年发表的短篇小说。

亚哥将我创造出来，希望能通过优美的比喻让我成为墨西哥人民所有历史苦难的化身（不幸的是，这些苦难实在太像一个有点神经质的少年的经历）。不久我便原谅他这种失误了：尽管，或是由于他的无知，在这些让他写得手指发痛的手写稿上，惨得要命的我拥有了一种逐渐消散的热情。你们别误会了：这个故事写得不咋地，非常不咋地；但令人难过的是，在我看来，他接下来的几篇也没好到哪儿去。

尽管如此，从那以后，圣地亚哥和胡安·哈科沃就变得形影不离了。在一个由足球赛中获胜的男孩子们所支配的环境中，他们感觉自己就像是一个已经消失的文明的最后几位幸存者：他们两个都很丑——胡安·哈科沃更丑些；他们两个都是处男——圣地亚哥没那么贞洁；他们两个还共同拥有对于炼金术书籍、发黑的指甲、没擦的鞋子以及嘲笑正常人的奇怪癖好。在集体运动和派对中被孤立、在外貌上也被边缘化的俩人不久便意识到他们命中注定要成为知识分子。这一任务如戒指套在手指上一般与他们的生活密不可分：他们唯一要做的就是记住那些难读的俄国姓氏——来自作家、电影导演和诗人的情人，以及毫无疑问地分辨好货与烂货的能力。在那些年里，时髦的话题是壁画家、尼加拉瓜、菲德尔〔一〕，以及最最重要的是那位创造出马孔多的健壮的热带之神；落伍的则是美国佬、革命制度党〔二〕，特别是那位叫作奥克塔维奥·帕斯的健壮高傲的魔鬼（在接下来的几年里，这些元素以一种令人惊愕的速度飞快地互换了位置）。

"他真的死了吗？"

"比军营里的恰帕斯印第安人还真。"苏珊娜答道，边说边继续嚼着口香糖。"比你他娘的还难看呢。"（若诸位不相信这位写出《阴茎》的著名作家竟如此粗俗不堪，不如去瞧一眼她的新作。）

在《芝诺悖论》中，其余的场景都通过以下方式进行了转化：苏珊娜名叫格洛丽亚，尽管她有着奶酪擦一般白净的皮肤，却长着一张玛丽维尔的面孔。玛丽维尔是一位邻居，她至今都未能忍着恶心来亲吻圣地亚哥；我一夜之间摇身一变成了一位乐评家，而胡安·哈科沃则变成了一位歌剧演唱家。（圣地亚哥觉得

〔一〕 此处或指古巴革命领袖菲德尔·卡斯特罗。
〔二〕 革命制度党（PRI），墨西哥中间派政党。

在一部黑色小说中插入一部歌剧的结构非常后现代。)

其他的细节是：由犹他州大学组织的拉美作家（西班牙语作家）会议变成了普契尼《西部女郎》在大自然舞台（亚利桑那沙漠）上的演出。顺便一提，苏珊娜失去了她一半的喜好，容忍自己成为一个标准的异性恋，尽管她带着些许恼火。接下来发生的一切不仅在意料之中，还成了一种赤裸裸的荒诞不经：正如当代趣味标准所要求的那样，就在那时，本人，一位眼睛从未离开过乐谱的简简单单的乐评家，变成了一位朴素的侦探，跃跃欲试地准备解开男高音被杀之谜。

多亏了我与其他年轻作家笔下人物的交谈，我才明白在圣地亚哥的写作库中只有三类故事：侦探小说（一部比一部复杂，这是为了让大家能将他与安伯托·艾柯而非阿加莎·克里斯蒂相提并论）、自指性小说（在这些作品中出现的人物只有傻小子，就像那些写这些小说的人一样；而不是出现在另外两种题材的作品中的装成大人模样的傻小子）以及女性小说（最后这一种该什么样就是什么样了）。如果要给圣地亚哥的作品做个统计的话，我们会发现侦探小说是占比最多的，占了67%，而自指性小说只占了31%——尤其是那些在"波运动"[一]流行时受其影响的小说,它们如今又被低俗文化的潮流振兴了。剩下的2%是各种主题的小说(目前他还没敢尝试女性小说,但谁知道以后会怎样呢)。社会学家以不同的方式来解释该现象:电视、电影、街头暴力、祛魅、柏林墙倒塌,等等。但我认为,如果说存在这么多黑色小说的话,其原因得归在人类"能偷懒就偷懒"的法则上:因为要想写这种小说,只要把这种创作模子给填上就好了,就像蹩脚诗人对一首十四行诗或者卖冰激凌的人对一个蛋筒所做的那样。不管怎样,自从胡安·哈科沃死后,圣地亚哥就决定调转角色,并模仿他多次在我身上做的事情:尽管他站在该大学深陷丑闻的罗曼斯语系主席的对立面上,他还是自己承担起一位朴素调查者的责任。在《……悖论》中,他让我以陀思妥耶夫斯基一般的深度去解释其动机:"我不得不做。"(第32页)

"对我而言,他就是个同性恋。"苏珊娜一边补充,一边摸着她后颈上的鼻涕虫文身。

[一] "波运动"(la Onda),1960年代后期墨西哥出现的文化运动。起初是由一群企图打破传统文学的年轻人所构成的文学运动,后延伸至其他领域。

"跟这事有什么关系？"圣地亚哥问道。

"在美国，一半的罪行都是出于种族原因，另一半则是性犯罪。你自己选吧。"

苏珊娜的逻辑是难以驳倒的，毕竟她能写出一个那么搞笑的阴茎目录可不是白给的。这个目录里包括了许多著名作家和不那么著名的作家的阴茎，这使她成为了年度最畅销的作家。

圣地亚哥的第一部小说《游戏的缪斯》是在他发现保罗·奥斯特后的两周狂热期内写成的。在这本书中，圣地亚哥让我临时扮演了夏洛克·福尔摩斯的角色。这次我的身份是西摩·康普顿[一]，又由于造化弄人，故事发生的舞台将我从布鲁克林[二]带到了内萨城[三]。在这座城中，我遵循着一个精心制订的计划：a）查验尸体（太巧了，死者竟然是我的一个小学同学，他如今做黑市生意）；b）重建犯罪现场；c）构思嫌疑人名

[一] 西摩·康普顿（Seymour Compton）的首字母缩写依然是 S.C.。
[二] 布鲁克林（Brooklyn），美国纽约市的五大区之一。
[三] 内萨城（Ciudad Neza），也称内萨瓦尔科约特尔城，墨西哥州的城市。

单（其中包括后来机缘巧合成为我情人的那位蛇蝎美人）；d）一位接一位地盘问他们，直到借助最后的一点运气发现罪犯。

当圣地亚哥决定调查他朋友之死时，他没想起这个提纲，但他的文学本能引领他按部就班地重复着他作品中的步骤，其严谨程度能让奥斯特本人都大吃一惊。前两个步骤实际上已经完成了——没人怀疑胡安·哈科沃的死不是真的，而且大家都知道，罪行是在他和圣地亚哥共用的房间中犯下的。因此，他只需从步骤c，即构思嫌疑人名单开始就可以了。

尽管主席艾伦·坎宁汉小姐本想召集西语知识界的翘楚，但由于预算有限，她只得将就着找来十五位35岁以下的年轻作家。尽管波本威士忌的供应延绵不绝，会议总体的花销还不及伊莎贝尔·阿连德的一次讲座。另外，她十分自豪于自己的教授人员中包括了埃莉达·加西亚波尼亚博士。她是一位无可挑剔的合法美国公民，尽管她说不来她爸妈所讲的西班牙语，但她是某一领域——你们不会相信的，她研究35岁以下的拉美作家——的世界最高权威。

因此，犯罪嫌疑人的范围不会很广。但是，如果诸位有机会看看这帮参会嘉宾的嘴脸，毫无疑问你们会认为这是一桩集体犯罪。幸存的十三位参会者（将圣地亚哥排除在外）便是潜在的罪犯：两个只写凶杀案题材的秘鲁人（凶手总是东方人）；一位阿根廷女剧作家；三位委内瑞拉短篇小说家；三个哥伦比亚人；一个由一名乌拉圭女诗人、一名墨西哥裔美国女诗人、一名多米尼加人组成的诗歌封闭小团体；两位批评家和一位墨西哥女小说家（苏珊娜）；还有一位哥斯达黎加的故事讲述人。当然，也不能将坎宁汉小姐，更不应将加西亚波尼亚博士排除在外。

预科一结束，圣地亚哥和胡安·哈科沃在文学道路上便开始分道扬镳。更有冒险精神，或者说更缺乏责任感的迪特里希（那时他已经开始用德语签名了）决定学习哲学，而圣地亚哥则更加循规蹈矩，几个月内一直在他父亲和祖父的职业之间摇摆不定：他不知是选择医学院的阶梯教室还是法律系更加肮脏的教室。结果很明显：当他的朋友被一群坚定不移的纯诗人和中欧文学爱好者所环绕时，他提早变成了一个肮脏现实主义[一]、"波运动"的二次回返、西班牙运动[二]的回头浪和呕吐文学的代言人。正如这些浪潮向其发起者所要求的那样，他也接受了相应剂量的性、毒品和摇滚乐。

但那时，他们的友谊格外坚固，远远超过了他们美学上的分歧。与所有的预兆背道而驰，他们决定发起一个新的文学运动，将其命名为卡布姆一代[三]。在经历了一系列招揽信徒的紧张工作——这包括起草著名的《卡布姆宣言》之后，另外两位年轻的墨西哥文学家加入了这个团体：一位是帕科·帕尔马（埃卡提佩，1973），他目前正在恰帕斯的霍科山坐牢；另一位是克莱门蒂娜·苏亚雷斯（吉克潘，1974—莫雷利亚，1996）[四]，年纪轻轻就在一次汽车事故中死了（这次撞

[一] 脏脏现实主义（dirty realism），北美文学运动概念，由《格兰塔》（Granta）杂志的比尔·佛福德（Bill Buford）提出。在现实主义作家中，这一流派的作家常以粗陋朴质的语言来描绘日常生活中更为平庸的一面。

[二] 西班牙运动（la Movida），20世纪80年代的一场反文化运动，该运动以摇滚乐等一系列新音乐形式的传播为标志，在马德里率先发起，随后延伸至其他城市。

[三] 卡布姆（kaboom），意为"爆炸或撞击的声音"。

[四] 埃卡提佩（Ecatepec）、吉克潘（Jiquilpan）和莫雷利亚（Morelia），均为墨西哥地名。

车证实了凌晨三点的路灯对人们并不是很友好)。评论家们对他们表示不解,尤其是哈辛托·托斯塔多,他把他们称作"文学无赖联盟",但他们的口号是明确的:与轻文学奋战到底。换句话讲,他们的目标就是将《恰似水之于巧克力》[一]的读者们扼杀在摇篮里。

搭建完嫌疑人关系网之后,圣地亚哥决定在优雅姑娘苏珊娜的协助下展开调查。

"操,傻叉,"她说道,"对啊,臭小子你多牛啊,干吗不让我来调查,然后你们这帮基佬闭上嘴巴呢?你在这儿屁用都没有,这些美国佬屁事都不会让你掺和的。我们又不是在好莱坞电影里。"[二]

但圣地亚哥决心已定。他笨拙地模仿我的角色,突然出现在大学城周边的一个酒吧里。正如他所预料的那样,他在这里碰到了羸弱的哈辛托·托斯塔多,本次会议这家伙一场活动都没参加。"既然都知道他们讲的都是屎,我还有什么必要去听呢?"他对着两个

[一] 《恰似水之于巧克力》(*Como agua para chocolate*),墨西哥女作家劳拉·埃斯基韦尔于1989年发表的作品。
[二] 这是对这位女作家这段话的准确转述,语言学精度十足,与她和笔下人物对话的方式一模一样。——人物注

喝得醉醺醺的黑人家伙说道，他们正听着他旁征博引的长篇大论。"一大杯波本威士忌都比那帮小丑写的任何东西更有脑子。"好奇的酒保问哈辛托他是否读过那些拉丁小伙的作品。"死都不会。"哈辛托答道，"既然我都知道他们写的都是屎，我还有什么必要去读呢？"他突然慷慨解囊，又请大家伙儿喝了一轮酒。在《……悖论》中，两位人物之间的对话是这样展开的：

"你不是戒酒了吗？"我这样问贾钦托·布鲁恰多是为了让他不舒服。

"去你妈的，卡梅隆。"他用他鳗鱼般的眼睛望着我，"你听说图尔基尼的事了吗？"

"真遗憾啊，不是吗？可怜的男高音死了。这都什么玩意儿啊，卡梅隆。"

"我能问一下你昨天下午在哪儿吗？"

"就在这儿，喝着这垃圾玩意儿。你去问我的朋友们好了。"那几个黑人张着狡猾的大嘴，就像是地狱的大门。

（第56页）

你们大概已经猜到了吧,圣地亚哥仅仅对原始事件做了一点点改动。

"你不是已经戒酒了吗,哈辛托?"

"疯了都不会,我的朋友。只有这样,你在上边读书的圆桌才不会塌下来。"

"你听说胡安·哈科沃的事了吗?"

"真遗憾啊,不是吗?可怜的小说家死了。这都什么玩意儿啊,孔特雷拉斯。"

"我能问一下你昨天下午在哪儿吗?"

"操苏珊娜。你愿意的话可以问问她……"(如果他这样写的话,就要冒着被写进《阴茎》第九版增补本的风险,因此他跳过了这段。)

都怪评论界,胡安·哈科沃和圣地亚哥之间才产生了一片浓厚的竞争阴影。实际上,圣地亚哥在一篇批评文章中称,前者的散文"就像是乔伊斯和达菲鸭〔一〕的混合物"(一个坚定又模糊的评价)。而至于哈科沃对于圣地亚哥的看法,也没有任何悬念,正如托斯塔多所说,"毫无疑问,他是 1996 年最烂的作家"。在这一宣称之

〔一〕 达菲鸭,乐一通动画系列里出现的一个虚构卡通人物。

后，卡布姆运动就永远死去了：尽管他们试图掩饰，但两位创始人之间的友谊再也回不到从前了。

"我听说你跟纳粹打起来了。"一些嫉妒胡安·哈科沃的人就把他称作"纳粹"，比如苏珊娜，有时也包括圣地亚哥。

"扯淡。"

"那你怎么这么沉迷于这件事，桑迪？"他讨厌她这么叫，就好像我厌恶他的那些隐喻一样。

"关你屁事。"

像是从《……悖论》中直接拿来的一个回答一样，圣地亚哥又一次回答道："我不得不做。"（在《我将唾弃你的坟墓》中，标题的这句话在书中重复了四十八次，这是为了营造一种类似于哈维尔·马里亚斯的风格。）

事与愿违，负责案件的两位俄亥俄州的桑博警察不让他进入犯罪现场（他并不是想检查现场，而是因为这也是他的房间，而他需要干净的内裤）；他们不让他在现场留下痕迹，并用一种略带讥讽的方言告诉他，其他的艺术家们都很紧张，不会容忍他——圣地亚哥，拿他荒诞的问题来骚扰他们。

当胡安·哈科沃获得了一笔去德国学习的奖学金,并打算在那儿写一些关于德国党卫队士兵的短篇小说时,圣地亚哥和胡安·哈科沃之间的距离变得更大了。那时,圣地亚哥的嫉妒变成了道德审判:"你怎么能这样?纳粹,天哪,胡安·哈科沃,就算是为了你的尊严,你也得拒绝啊……"但胡安·哈科沃没有拒绝:他写了一份38页的摘要。作品中也有一些英雄,这使他获得了墨西哥评论界的好评——圣地亚哥甚至说,成功归结于这帮人根本就没读完超过四十页的作品。同时作品还翻译成了英文版(在德国被禁了)。

现实世界的残忍粗暴突然闯进了圣地亚哥的调查中。就算在他写得最烂的故事中,也没发生过这种事:凶杀案发生两天之后,在参会嘉宾们惊愕的目光下,两位警察逮捕了哈辛托·托斯塔多,给他戴上手铐,没有忘了事先告知他的个人权利,将他塞进一辆巡逻车,把他押送到当地监狱。这一场景使人联想到好莱坞的烂片,但却没有能编出些机智对话来救场的塔伦蒂诺[一]。

〔一〕 塔伦蒂诺,或指昆汀·杰罗姆·塔伦蒂诺(Quentin Jerome Tarantino,1963—),美国男导演、编剧、监制和演员。

"作为大总管,错的总是评论家。"最后苏珊娜嘀咕道。

事实上,她是最不适合说这话的人。当他们这一代的大多数人——一般情况下都不是习惯上认为的失败作家,而是一些更差的,即那些渴望展现其分析才能的活跃作家——都要冷静克制地承受评论家的谩骂和抨击时,她却始终收获着夸赞和宠爱。更奇怪的是,这并不归功于她的美貌(这正是她所缺乏的东西),也不是因为她生来准备为人提供性方面的帮助(尽管她时常会这么干),更不是因为她的叙事才能(大家一致认为,她这方面的才能是零)。个中缘由是整个文学小圈子中存在的小小谜题之一。

"那他为什么要做这种事?"圣地亚哥问。

"加西亚波尼亚博士找到了动机。她说,在发生凶杀案的当晚,胡安·哈科沃准备朗读一篇故事,其中的那个叙述者正是以托斯塔多为原型的。"

"我没明白。"

"教授确信,胡安·哈科沃准备嘲笑那位评论家。"

"可是我读过这篇故事,叙述者是海因里希·希姆莱[一]啊！"

"这我怎么知道。"苏珊娜总结道，"她是专家，她说当她把那个人物解构之后，就出现了哈辛托的特征。"

"那她就大错特错了！"圣地亚哥咬着指甲说，"而且你知道的！哈辛托不可能干那事，因为凶杀案发生时，他正跟你在一起，苏珊娜！"

"跟我在一起？"有时候她能表现出一种迷人的无赖之感。

"他告诉我……呃，好吧，他说你们俩……"

"这样说来，我是他的不在场证明？"小说家笑了，好像自从写完《阴茎》中她为卡米洛·何塞·塞拉保留的那章之后，就从来没这么笑过。

"走吧，咱们得去一趟警察局。"圣地亚哥催她。

"为啥？"

"你得证明他的清白。"

"我？"她又笑了，"如果我这么干的话，整个文学界都永远不会原谅我。很抱歉，我不能这么干。这

[一] 海因里希·鲁伊特伯德·希姆莱（Heinrich Luitpold Himmler, 1900—1945），纳粹德国重要政治头目之一，曾为内政部长、党卫队首领。

是语言对抗语言。呃，我跟你坦白个事儿？作为评论家，他可好多了……"

无须赘言，在《……悖论》中，该讨论被变形到难以辨认的程度，但其过于简陋，完全没有必要重复。自从读过帕科·帕尔马的第一本小说之后，圣地亚哥便感受到了从未有过的巨大痛苦（他惊恐地发现，这比他的作品要好太多；他谨慎地建议将其束之高阁）。圣地亚哥下定决心要救托斯塔多——苏珊娜觉得或许之后他还要向前者讨回人情。他躲开警卫，扯下封条，然后偷偷溜进房间，寻找能证明评论家清白的证据。他能证实的，就是美国警察不像墨西哥警察：所有东西都还在原处，也就是说，还处于凶杀案发生前的杂乱状态，唯一的新物件是在地板上描绘出胡安·哈科沃身形的胶带。或许是因为他们不懂西班牙语，也或许是因为他们像坎宁汉小姐一样对文学漠不关心，警察们忘记检查散落在房间各个角落、由胡安·哈科沃签名的几十张纸。为了寻找线索，圣地亚哥将它们一一检查，直到他受够了充斥在如今暴死的作家最后作品中的黑制服、卐字符、夏洛特的小胡子和铁十字架。最后，在马桶盖上，他找到了他需要的：一张散

落的纸,上面有胡安·哈科沃胡乱的手写字迹。毫无疑问,这是一张自杀便条:

敬启者:

当诸位发现这张便条时,对我来说已经太晚了。我将身处于虚空的寂静之地。我自己给自己提供的毒药。为什么?这正是问题所在:没有为什么。我只是意识到我更想要的是沉默。但你们不要想到鲁尔福或是阿雷奥拉沉默的晚年。他们突然发现,自己已无话可说了。而我则发现自己从来就无话可说。就像我在一次采访中说的,我写作是因为我不会做更好的事情。而这并不意味着我就写得很好。不要将我的死归罪于任何人。〔一〕

J.P.迪特里希

在《……悖论》中,圣地亚哥一字不差地复制

〔一〕 难道就连最后的时刻也不能有几点创意吗?——人物注

了这段话，仅仅是将动词"说"换成了"唱"，把鲁尔福和阿雷奥拉换成了玛利亚·卡拉斯[一]和朱塞佩·迪·斯苔芳诺[二]（第77页）。他做到了！读了和写了这么多年的侦探小说，总算派上了用场！

那天早上，圣地亚哥出现在了警察局。跟他一块的有苏珊娜（极不情愿，但却穿了一条领口开得很大的洋红色裙子）、坎宁汉小姐和其他拉美作家（只有加西亚波尼亚博士借故没去，因为她认为圣地亚哥想要推翻她的语文学调查研究）。

"阁下，"他开始说英文了，尽管他面向的是一位看守。"我来这儿是想避免发生一件极度不公平的事件。那个人，"他指了指托斯塔多，这家伙从被捕之前起就一直醉醺醺的，全然没注意到自己已身陷囹圄，"是清白的。就是这样，女士们先生们，他是清白的。听说严肃文学家们都没有受到约翰·格里森姆[三]的

[一] 玛利亚·卡拉斯（Maria Callas，1923—1977），美国籍希腊女高音歌唱家。
[二] 朱塞佩·迪·斯苔芳诺（Giuseppe di Stefano，1921—2008），意大利男高音歌唱家。
[三] 约翰·格里森姆（John Grisham，1955— ），美国畅销小说家，作品多包含法律和犯罪内容。

影响。"

"您在说什么鬼话?"看守答道。

"哈辛托·托斯塔多或许是一位卑微的五流评论家,一个把自己的羽毛卖给出价最高者的人,一个毫无原则的雇员和无赖,但他,女士们先生们,没有杀害胡安·哈科沃·雷耶斯,也就是笔名叫作胡安·哈科沃·迪特里希的那个家伙。"

"啊,没有吗?"众人齐声说道,就像圣地亚哥在小说中插入的歌剧。

"没有。我这儿有证据。"然后他开始在其中一位警察的胡子下边晃动一张纸。

"这是什么?"看守突然有了兴趣,问道。于是圣地亚哥用一种埃米尔·左拉在发表《我控诉……!》[一]时大概会发出的坚定有力之声回答道:

"我签了名的自供状。"他说道,然后在漫长的停顿后又加了一句:"我杀了胡安·哈科沃·迪特里希。"

[一] 《我控诉……!》(*J'accuse...!*)是法国作家左拉在1898年1月13日发表在《震旦报》上的一封公开信。在信中,左拉向总统弗朗索瓦·菲利·福尔控诉了政府的反犹太主义以及其对法国陆军军官阿尔弗雷德·德雷福斯的非法拘禁。

如果那时我能从那些囚禁我的发霉的书中跳出来，我肯定会毫不犹豫地扇他几个巴掌。"你个婊子养的，为啥要这么做？"作为《我将唾弃你的坟墓》中的人物，我肯定会这么对圣地亚哥说。不幸的是，此等壮举是被禁止的。我不过就是个人物，而就像文学批评的前几节课上所教的那样，永远也不能把叙述者和作者搞混。

直到现在，当我快讲完这个故事并借此重温了圣地亚哥的行动、分享了他的梦想时，我终于认为我理解了他。也许仅仅因此，努力才是有意义的。接下来的对话蕴含着双重不可能：它与我的现实或是圣地亚哥的现实都无关，因此也与他的虚构和我的虚构无关。这不过是一场梦罢了。一场永恒的文学之梦：

"为什么，圣地亚哥？你为什么这么做？"

"杀死迪特里希？"

"咱俩都知道不是你干的。你找到了那张纸条，不是吗？"

"也许是，也许不是。正如你所说的，只有你和我知道。"

"他们给你判了三十年的监禁,圣地亚哥。"

"你不也是吗,亲爱的朋友。从今往后你就要和雷维尔塔斯[一]和索尔仁尼琴笔下的人物一起过日子了。你不觉得这很激动人心吗?"

"我不知道。"

"你就看看你自己吧。看看你在最近这几周是如何成长的。之前你就是个伪装成卡普钦斯基医生或是乐评家或是我本人的傻小子,而现在呢,你成为一个伟大的人物了。自主、圆满、充满细节。哈辛托·托斯塔多说你拥有当代文学最丰富的性格。"

"他欠你的。但也不能全信他一个人的评价吧。"

"没错。但头一回,从你身上能说出点儿有价值的东西来了。这难道不是你想要的吗?之前你不是经常抱怨自己愚蠢和空虚吗?现在的你是聪明的、邪恶的、胆小的、敏锐的、悲伤的、清白的和犯罪的,就像所有人那样……"

"所以你才这么做?是为了获得一段经历,让你变

[一] 何塞·雷维尔塔斯(José Revueltas, 1914—1976),墨西哥作家、革命家、政治家,因其政治活动曾多次入狱。

成一位真正的作家吗？"

"谢谢你的信任，你太看得起我了。我从未想过这能发生。至少我并没有这样的打算。这已是我最后的宽慰了。"

"那么是？"

"你还不了解我吗？我不能让胡安·哈科沃变成神话。三十五岁之前在美国大学里自杀的青年作家！他的便条上是怎么说的？虚空的寂静之地。"

"你能不生气吗？一位豪尔赫·奎斯塔[一]，一位雷蒙·拉迪盖[二]，一位拉丁美洲的科特·柯本[三]。你还想要什么？不，我的朋友。现在已经没人记得他了。没有任何人。你听到了吗？而你知道人们写出了多少关于我作品的论文吗？有多少报道、多少传记、多少散

〔一〕 豪尔赫·奎斯塔（Jorge Cuesta, 1903—1942），墨西哥化学家、诗人、散文家、编辑，1942年自杀身亡。
〔二〕 雷蒙·拉迪盖（Raymond Radiguet, 1903—1923），法国小说家、诗人。20岁时因伤寒死于法国巴黎。
〔三〕 科特·柯本（Kurt Donald Cobain、1967—1994，美国歌手，摇滚乐队涅槃乐队（Nirvana）的主唱兼吉他手、词曲创作人。1994年4月5日，柯本被发现死于西雅图的家中，官方裁定死因是饮弹自尽，时年27岁。

文、多少电影、多少书是关于我的作品的？我不能让他尝到那种滋味。就是不能让他办到。"

萨拉曼卡

1998年8月13日—9月28日

第二乐章 抒情柔板

毛源源 | 译

他将公文包扔在地毯上，脱掉鞋，没开灯便倒在床上。又一次过了十二点，他没吃晚饭，几乎啥也没吃，最糟糕的是，累积了几周的疲惫将使他难以安然入眠。在昏醉与疲乏中，黑夜将再一次被飘摇的幻象与回忆搞得一团乱麻。他一把扯下领带，似乎这样就能把那空气中的项圈也扯下来似的。这项圈将他与工作牢牢捆绑，而关键在于，这份工作还是他主动选择的。与他不得不做出的牺牲相比，他此时此刻的成功与安稳又有什么意义呢？在拒绝庇护他的黑暗中，他感到自己被抛弃了。他孤独又压抑，尤其感到疲惫，无尽的疲惫，便任自己被绝望所打倒。他受够了，在床单上滚来滚去，敞开衬衫，准备打破生活的桎梏。

他深深地吸了一口气，鼓足勇气准备直到下午两点都不再眨眼。

在他上中学，甚至大学期间，他都一直被老师们定性为"刺头"和"讨厌鬼"，与正经守法的"好学生"截然相反。但实际上，他的性格更属于那种努力让自己不被注意、庆幸老师在街上不会认出他们的那种人。大部分情况下，他的伎俩都适得其反。当然，老师在课堂外不会记得他，但在课堂内也不会记得他，又因为人们一般将不熟悉的家伙等同于坏家伙，咱们故事中的男人便从未摆脱平庸。

完成学业后，他第一个决定便是改变这种形象。他在另一个城市找到了工作，立马搬了过去，全不在意迁居的麻烦和狭小的发展空间。自第一天起，他就努力让自己出彩：他整夜检查账簿，并在早晨提交一个出色的成果。他的老板很高兴：新员工是个高效的工作机器，得把他好好留住。当这个男人得知自己的薪水涨了一倍时，他明白败局已定：从那一刻起，他就再也不能回到他早已习惯的那种无足轻重中去了。渐渐地，"完美员工"的面具就牢牢粘到了他的脸上。所以现在，尽管他不敢承认，他还是试着最大限度地利用睡梦的每分每秒：通常他都是第一个到办公室的人。他一般七点钟就到了，比秘书们到得都要早很多。

大概凌晨两点的时候，一阵巨大的声响将他从昏睡中拉扯出来。那是长笛的声音，是他这辈子听到过最甜美的音乐。一开始，他还昏昏欲睡，问自己怎么可能有人胆敢在这时候演奏乐器，全然不顾会吵到邻居，但这音乐几乎马上就使他平静了下来。那旋律是如此清澈柔润，让他无法不心醉。

他站起身来，从窗户探出头去——他住在三楼，但没能看到任何光亮。音乐自由自在地抵达他的耳畔，就好像它是从他自己的房间中生发出来似的。不管怎样，他都不想试着在这个时间查清它的来源。他又回到床上，没过多久便享受起那长笛的颤音。之后他便平静地睡去了，好像好久都没能这样过了。

闹钟在六点响了，此时黑夜已不见踪影，咱们的男人带着异乎寻常的热情起了床。关于那曲子奇怪但令人愉快的记忆在他脑海中挥之不去。他出门上班，嘴角含笑。当走出大楼时，他问门卫是否在夜间听到了长笛的声音，但半聋半醒的老头对他说，他什么都没听见。他道了谢，然后边走边试着用口哨吹出那从此被他称为"小夜曲"的旋律。

如往常一样,他回到家时已近午夜,并和前一晚一样气恼和孤独。奋斗的无意义令他丧失了动力。累死累活地工作到底有什么意义?此时此地,他甚至都没把领带解开,那最终将令他窒息的项圈永远不会消失。他身心俱疲,以至于一挨着床便睡着了。他忘记了长笛,但长笛没有忘记他:凌晨两点,那音乐又准时将他从睡梦中唤醒,一小时之后才带着保姆般的轻柔将他再度推向梦乡。

赶去上班之前,他又敲开了门卫的门。老头穿着一件破衣服,满头乱发,边系腰带边出来接待他。看到他没刮的胡子和盖住他小眼睛的黑眼圈,咱们的男人这次决定谨慎些。

"不好意思。"他轻声说道,"我是31号的新住户,您有印象吗?"

"您有什么事吗?"老头答道。

"没。我只想问问您,如果我的一位邻居……"

"投诉?"

"我只想问问邻居们是不是有人会吹长笛。"

"马蒂尔德。"老头松了口气,说道,"我已经跟她说了无数次……"

"我说过这不是投诉。谢谢。"

整整一天，他都在试着想象马蒂尔德的样子。他在楼梯上偶遇的那些女人中，没有一位有着艺术家的面孔，尽管说实话，他也不知道一位长笛手会怎样地与众不同。

锁好办公室的门后，咱们的男人凌晨一点回到了家。尽管疲惫之感不减往常，他还是做好了邂逅马蒂尔德的准备。音乐如期而至，旋律一如既往地忧郁与纯净，男人感到自己复活了：他第一次有机会边听这乐器发出的音符，边想象马蒂尔德的面庞。他想象着他这位女邻居光洁的双手、挺拔的脖颈、吹奏时的面庞和双眼的颜色。他甚至还将其与一段必然悲剧性的过往相连：只有饱经沧桑的人才能用长笛吹出这样的声音。接着，他又描绘出一位无情的爱人形象和一段恶毒的遗忘。除了痛苦，还有别的什么东西能让一个女人辗转反侧，用音乐来流泪？这时候，咱们的男人被梦游长笛的魅力捕获，睁着眼睛陷入了幻想。

每天晚上，这一约会都分毫不差地如期进行。他们两人像约好了似的，每当她通过五线谱向男人倾诉忧伤的时候，他都任自己被那音乐所环绕与爱抚。咱们的男人用各式各样的心碎插曲来为马蒂尔德的绝望着色，他的幻想由此添加了更多细节。他生存的单调乏味被那只为他一人举行的音乐会所抹去，进而全然消失了。那段他如今已牢记于心的音乐和那个他从未见过的女人拯救了他。

但是，仿佛那密会仅仅是夜间的产物似的，咱们的男人从不敢揭开他那位不知名邻居的神秘面纱。他从未想过登门拜访马蒂尔德，更不用说向她揭示她给他带来的愉悦。一种隐秘的恐惧压制了他的好奇心，似乎侵入长笛手个人生活的想法意味着其魅力的终结。他不该冒着永远失去爱人的风险而搅和进她的内心。渐渐地，咱们的男人将他存在的意义聚焦到和马蒂尔德的夜会中。任何事物，无论是工作还是疲惫，都不能将他与马蒂尔德、与她的音乐分开。这种共生关系并不因为其隐秘性而缺乏深度，而是将两人的命运紧紧相连。他活着就是为了听她演奏；而她，似乎活着就是为他演奏。完美的关系。

一天晚上，咱们故事中的男人不得不待在办公室处理紧急事务，无法按时到家赴那音乐之约。当他最终到了公寓时，发现等待他的只有一片寂静。这是他第一次失约，他感到羞愧而忧伤。他怎么能失约呢？为了表示歉意，第二天晚上，他从十一点开始就坐定在沙发上，准备花上三个小时来弥补前一天的疏忽。时间一点点过去，到了凌晨两点、三点、四点，音乐都没有响起。咱们的男人觉得那寂静实在是一种过于严厉的惩罚了，但他毫无怨言地接受了。

然而，第二天，第三天，还是什么声音都没有，甚至连一个音符都没有。咱们的男人开始感到绝望了：难道她不爱他了吗？我那一晚放了她鸽子，竟如此罪大恶极吗？或者说发生了什么糟糕的事情？为了不引起怀疑，他没再向门卫问起马蒂尔德。痛苦吞噬着他。在鼓起勇气去调查究竟发生了什么之前，他最后又熬了一夜。

什么都没发生。第二天早上，他颤抖着出现在马蒂尔德的门前，按下了门铃。过了几分钟，一位三十岁左右的年轻女人一身黑衣，给他开了门。

"马蒂尔德。"他嗫嚅道。

女人无言地转过身去。当咱们的男人跟着她走进房间，看到一位有着深邃绿眼睛的女人照片，周围环绕着绸绷和蜡烛，便明白发生了什么。

"您母亲是长笛手……"

"不如说曾经是。"女人答道，"如今没人记得她了。自从她得病以后，她几乎握都握不住长笛。"

"但是我每天晚上都能听得见她吹奏的笛声……我住在楼下。"

"她痴迷于她最后一场音乐会的录音。她坚持每天晚上都听它。抱歉打扰到您了。"

而他根本就不认识她。更不用说听过她的声音了。

"我能麻烦您一件事吗？"他悲伤不已，但还是鼓起勇气张开了嘴："您能把录音借给我一下吗？就今天。"

女人不太情愿地同意了。告别并道谢之后，咱们的男人便回家了，迫不及待地最后听一次那长笛的乐声。

1990

Hernán Lara
埃尔南·拉腊

小说家、散文家、翻译家。任职于墨西哥国立自治大学，教授英美文学和创造性写作，曾在经济文化基金出版社工作。已出版小说有《记齐蒂尔琴》《同一片天空》《查拉斯》《爱情之后与其他短篇故事》《损坏的布娃娃》《半岛，半岛》《黑色手套与其他短篇故事 》和《老男人》等。此外，还著有论文集《堂吉诃德中的长篇小说》《反对天使》《爱情监狱和其他叙事散文》，旅行传记《手提行李》《半岛心脏之旅》和童书《塔趣与奥迪龙》《小耶稣》《维克多的旅行》等。作品已被翻译成英语、法语、德语、葡萄牙语和意大利语。曾获荣誉有拉丁美洲最佳叙事文学奖、富恩特斯·马雷斯国家文学奖、埃莱纳·波多卡拉美小说奖（2009）、西班牙皇家学院创意写作奖（2010）等。

追捕鬣蜥[*]

闵逸菲 | 译

献给 E.Y.

那一阵我们几个总是早早就出门上山打猎。我是从城里来齐蒂尔琴度假的,探望了祖父母,也在这儿结交了几位朋友。紧挨在镇子南边,有一座小山丘耸立着,上头的植被长得相当茂密。玛雅人奇德拉常常从山顶走下来,然后去找克里斯平。快到的时候,奇德拉就吹一声悠长的口哨子,示意克里斯平可以出门了,后者是个相当身手敏捷、精力充沛的小个子。他俩总是这样一起来找我,一路上,他们还要忙着物色过一会儿打猎要用到的石头。这些精挑细选的石头

---

[*] 本文节选自作者的长篇小说《记齐蒂尔琴》(*De Zitilchén*)。

个个圆溜溜的，伴随着我们走路的节奏在衣袋中碰撞回响。

快走到我家的时候，奇德拉的口哨声再一次在镇子里悠远地响起，而我的祖父一如既往地亲自前往我们小农场的门口，邀请他俩进屋坐坐。奇德拉总是天不亮就出发了，他从很远的地方一路过来，很可能还没吃早餐。而克里斯平就住在我们旁边几户开外，来的时候已经吃过饭。不过他们俩都接过了我祖母准备好的热巧克力和饼干。趁他们在吃东西，我那瘦高得几乎不成比例的祖父就总是带着他特有的严肃神情和我们开玩笑。他尤其喜欢和克里斯平搭话，老爷子对他似乎怀着一种更特殊的感情，尊称他一声"堂克里斯平"，还经常根据我这位朋友的性格与体型向他提出各式各样的职业建议。有一次祖父这样说道："堂克里斯平，你为什么不去当兵呢？你的身形很有优势。"而后者总是哈哈大笑着回应我的祖父，连牙缝里的面包屑都露了出来。而被冷落在一旁的奇德拉看上去也不甚在乎，只顾埋头不顾形象地吃着饼干，喝着热巧克力。祖父很少直接跟奇德拉搭话。不过我还记得他对奇德拉的一则评价。有一次祖父说起加西亚神父的主日布道简直就是胡说八道,当时,他向克里斯平说道:"你的确能从事许多行当,但你当不了牧师。你距离这个世界还是太近了。真要当牧师,还是得考虑让奇德拉这样的人来……"我已经不记得奇德拉当时是如何回答的了;很可能他当时也没怎么把这话放在心上。

我们几个总是这样磨磨蹭蹭好一阵才动身。祖父把我们送到大门口,与我们道别。我们就这样出发了:奇德拉穿着从他哥哥穿剩的裤子里剪下来的短裤,而更矮小一些的克里斯平老是穿着他那条长裤,拿他身上的肋骨开各式各样的玩笑。

我们聊到捕捉鬣蜥和聊起别的事情没什么两样,因为都要去树上找树杈子做新的弹弓,我们管这叫弹绷子。我们还从野地里废弃的蜂箱中偷过蜂蜜。在远离镇子的半路上,我们还会时不时翻过某个农庄的栅栏,进去摘几个橙子,或者找个水塘游个泳。晚饭点上我手上提着裤子回家,祖母就会质问我:"又去托马斯那儿的池塘里游泳了?等他逮住你们,看你们会有什么好果子吃。到时候我可不想管你们。"

我们出去打了好多次猎,不过必须得承认,鬣蜥可不是什么轻轻松松就能得手的猎物。大自然的鲜艳色彩替这些小动物打着掩护，像它们最忠诚的同伙。偶尔我们才能捉上一只。要是捉到了，我们就快活地回到镇子里，然后把鬣蜥卖给一家叫作"加纳橘"的餐馆，这家店做鬣蜥料理相当出名。要是捉斑鸠啊壁虎啊就容易多了，有一次奇德拉甚至一把捉住了一条犰狳的尾巴。我们就这样顺着灌木丛到处游荡，拿着弹弓向四方弹射。奇德拉在长辈们面前似乎总是一言不发，但到这时候就开始大谈特谈他的冒险经历。据他自己说，这些事都发生在他每天回家的路上。而这些故事往往会激起克里斯平的怀疑和嘲讽。比如有一次奇德拉和我们说，他从镇子里回去的时候，在路上见到了一群大象：

"我满山遍野地大喊求救，"他说道，"可就是没人来帮我。"

"那天是你这辈子第一次喝咖啡吧。你一口气喝了三杯多，所以就发了疯。"克里斯平生气地说道。

不过谁也没办法让奇德拉抛弃这些念头。他还经常说，好几次他一个人从电影院回到山上的自己家时，时近午夜，他听见有人不停地呼唤着他，"过来……过来……"不过他没有转身,因为他坚信一定是伊珂丝塔巴伊[一]在召唤他。奇德拉和我们解释说无论是谁见到了伊珂丝塔巴伊,都无法拒绝她的引诱,因为除双脚外,她可以说是一位相当迷人的大美人。她就藏身于木棉树后,但凡是被她挑逗成功的男人,天亮时都会被发现缠死在带刺的灌木丛中。

我们都知道这个传说,不过当奇德拉谈起这位伊珂丝塔巴伊时,总是带着一种坚定的信任语调,以至于除了克里斯平,我们这些镇里的其他男孩儿都会屏息凝神,静静倾听他的叙述。奇德拉就是这样:有时他绘声绘色地说往山的深处进发,有一个大洞,一直通往地狱的中心。他还和我们谈起过一个叫作辛济尼托的流浪印第安人,说他总是在最古怪离奇的地方现身。

一天早上,奇德拉告诉我们,前一天当他在四处

[一] 伊珂丝塔巴伊(Xtabay),尤卡坦-玛雅神话中的女恶魔。传说她总是身着白裙,在木棉树后诱惑深夜未归的男性。一旦男性被诱惑,她就会立刻化身毒蛇吞噬他们。也有传说伊珂丝塔巴伊在树下诱惑男性,然后将其扔下悬崖,剖开胸膛挖出心脏。在一些传说版本中,伊珂丝塔巴伊也会以任何的形态或者性别出现,永恒地引诱他人。

寻找自己身为树胶工人的父亲时,看见了一个赤身裸体的女人在水塘中沐浴。

克里斯平半开玩笑半认真地说:"你肯定又要说是伊珂丝塔巴伊。"

"我也不知道。"奇德拉说道,"因为据说伊珂丝塔巴伊长着一对鸡爪,但是我看到的那个女人,却长着一双我这辈子见过的最洁白最美丽的脚。她还有一头长长的金发。"

"又在撒谎了。"克里斯平说。

"我向上帝发誓,我绝对没说谎。"为了证明,奇德拉做了个十字手势,还亲了一下。

"你说的是什么时候发生的事?"我问道。

"昨天,昨天中午。"

"那个点儿伊珂丝塔巴伊不会出现。"

"那就别废话,"克里斯平打断了我的询问,"我们去看看吧,我们一块儿去看看她。"

"你想去咱们就去。不过我要提醒你们,那地方可远得很。"

"得了,他要食言了。"克里斯平说道。

"走吧,"奇德拉一下认真起来,"你们想去的话,我们就去。"

奇德拉的确相当熟悉镇子周围的情况，不仅仅因为他住在郊外，也因为他父亲的职业，奇德拉得时不时进山给他送食物和其他必需品。因此，一进到山里，奇德拉就自发成了我们的导游。

我们从镇子出发，像往常一样穿越农庄，穿过无数的蜂箱，走到山林深处。我们穿梭在一个个豁口中，在草丛灌木中不断开辟道路。我们小心翼翼地走着。奇德拉全神贯注地辨识着地形，像野兽一样晃动脑袋，时不时提醒我们："这边，往这边。"

一切都透露着古怪。那片区域总是晴朗而炎热的，天空一碧如洗。可那天云层密布。在最为陡峭幽绿的地带，我们忽然发现自己置身于一片废墟前。我和克里斯平都吃惊不已。那是一个已被废弃的玛雅小村，不过这遗迹保存得如此之好，以至于看起来就好像仍有人居住其间。我们哑口无言，只是痴痴地看着。

"就在这附近，我们快到了。"奇德拉说。

克里斯平看了看我，我估计他和我的心情差不多：我们很害怕，可同时又被迷住了。

奇德拉再次走在了我们前面，用巴掌拨开挡路的杂草。没人还记得什么鬣蜥，也没人在意什么弹弓了。我们只想弄明白奇德拉所说的一切究竟是不是真的。最后，我们发现自己正沿着一片宽广的水域行走。那金属般的蓝绿色调与柔和的水波让我们的心情平静下来。周围并没有其他人。我们发现了一小片空地，躲到了草丛后面讨论接下来该怎么办。不但没有任何人，或许所谓的"人"只存在于奇德拉的想象中。克里斯平想回去，他不停地念叨着奇德拉就是一个骗子，一个令人不齿的骗子。他俩大吵一架。就在他俩眼看着要扭打起来的时候，我忽然感觉好像看见水面的另一边有人走动。

我们很快就安静下来，好奇地观察起来。在距离我们几十米的地方，一个胡须半白的金发男子出现在奇德拉描绘过的地方。他戴着眼镜，抽着烟斗，穿得像一个探险家，手上还拿着一口煎锅。他来到水边，往锅里撒了点儿土，然后弯下腰洗锅。他走回去以后，一个女人出现了。她穿得和那个男人很像，手上也拿着一些家伙事儿。从我们所在的地方，正好能一清二楚地看到这一切，只是没办法听见他们在说些什么。

"就是她！她就在那儿！"奇德拉低声说道。

的确如他所言，那是一个高挑的女人，皮肤白皙，满头金发。我们几乎只是匆匆扫了她几眼，因为他们清洗完器具就离开了那片水域。我们继续躲在草丛后静静地等待。克里斯平惊呼起来：

"他妈的，好痒！我这儿有什么东西吗？"他站起来，把衬衫下摆撩起来，露出了后背。

"虱子。"齐德拉说。

"他妈的！"克里斯平一边说，一边脱衬衫。

"我们大家应该都一样。"奇德拉说着看了看自己的脚踝，抓挠起来。他也站起身来，像克里斯平一样脱下衬衫。

我没有多想，也和他们一样站起来脱了衣服。我们脱下衣服抖动着，衣服和身上到处都是虱子。奇德拉连胳肢窝底下都钻进了虫，和他刚长的腋毛纠缠在一起。虫子爬满了我们的身子：背上，腿上，脖子上。我们就这样光着身子，奇德拉又一次提起了刚才我们看见的那个女人，他已经向我们证明了他所言不虚，所以他再提起这一茬实在令我们吃惊。

他再次和我们说起了那一天的景况，说他在草丛中晃荡时，看见了一个女人，她个子高挑，皮肤雪白，满头金发，在水塘中沐浴。奇德拉仔仔细细地描述着那一切：她看上去是那么的完整、美丽、赤裸而近乎神圣。我们都被奇德拉的话吸引了，我发现我们三个似乎都有同一种感受——先是羞怯，随之而来的是一阵轻松。

再回到镇子上已是入夜时分，我们满身都是虱子，已经疲累不堪。终于走到了我祖父母的农场。我跟奇德拉和克里斯平道了别。我感到眼皮一阵阵发沉。而我们的朋友们继续沿坡往上走。我想起了那个金发女人，感到自己身上满是虱子。又是一阵刺痒。我想到奇德拉。我已经累瘫了，而他还有很长一段路要走。

一回到家里，我就径直奔向了祖母：

"我浑身都是虱子，"我说道，"快来帮我抓虱子。"

看到我如此痛苦，祖母竟然笑了起来，心情很好的样子。

"不过是些虱子，"她开起了玩笑，"又不是黑寡妇。去，去把衣服脱了，躺床上去。我要去热一点蜡油给你驱虫。"说着，她朝厨房走去。

我脸朝下地躺在床上，双臂伸开，感觉到祖母滴在我身上的滚烫蜡油。我听到她说：

"你看看这满身的虱子,今天究竟钻到什么鬼地方去了?"

"今天我们去见了伊珂丝塔巴伊。"我心满意足地坦白道。

莫里斯

闵逸菲 | 译

献给卡门

人人都称他莫里斯，因为他皮肤黝黑，身材矮小，也因为他是个玛雅印第安人。这位莫里斯和那位前来齐蒂尔琴担任钻井工程专家的英国佬截然相反。那位来自英国的莫里斯身材高大，面色红润，只爱吃冷餐肉，讨厌炎热的气候。而齐蒂尔琴这里更爱吃鲜食，调料下得颇重，郁热的天气也让人喘不过气，对英国佬莫里斯而言，这儿简直就是一小片地狱。

而玛雅人莫里斯个头不高，黑黑瘦瘦的。这儿有什么他就爱吃什么：野火鸡、鬣蜥、犰狳[一]、

[一] 犰狳，西班牙语为 armadillo，原文 uech 为尤卡坦地区的玛雅人方言。

野猪[一]。他热爱阳光，热爱田野。对这位莫里斯而言，他的家乡齐蒂尔琴几乎就是天堂。

玛雅人莫里斯的工作是在郊外给镇上最大的农场主之一当养蜂场负责人。他还在无主的田地上种了点儿玉米，不紧不慢地照料着这片地。他刚刚三十岁出头，同妻子孩子一起住在蒂齐巴尔琴公路旁的一间破旧的棕榈叶小屋中。

天麻麻亮的时候，莫里斯穿着白色衣服，披上那条他常披的斗篷，戴上一顶草帽，在"公爵"——他养的一条总是饥肠辘辘的白狗——的陪伴下，走出家门。他扛着猎枪和一麻袋的补给：玉米面、哈瓦那辣椒、巧克力和盐，还有他那个用来装水的葫芦。他朝着蒂齐巴尔琴的方向进发，快到镇子之前，走上了去依图尔彼德的岔路，去往大山腹地。

莫里斯在森林里用砍刀给自己砍出了一片空地当作营地。他用藤蔓搭建了一个临时的小草屋，就在那个棚屋底下做饭，睡在一张龙舌兰叶子编织成的吊床上。草屋门上还贴了从报纸上剪下来的贴画，上面印

[一] 野猪，西班牙语为 jabalí，原文 quitán 为玛雅人方言。

着的既不是电影女星,也不是时装模特,而是一些会出现在《尤卡坦日报》社会新闻版的中产阶级女孩儿。

他总在临近黄昏时抵达自己的营地。他拾上一些柴火,到池塘边生一堆篝火,放好他的饼铛(其实就是一块蜂板),然后用一个满是灰垢的黑色小罐加热巧克力,同时摊玉米饼来吃。天一黑下来,他就早早躺下休息了。在半梦半醒间,他听见各种啮齿动物在他的吊床底下爬来爬去,这些小动物们正忙着偷玉米粒和他保存在自己照顾的蜂巢繁育盒里的蜂蜡。

天亮之前,莫里斯就会被饿醒。他起身往棚屋走去,重新点燃篝火,架好饼铛。他先是揉了一团面,然后只用一只手就不费吹灰之力地渐渐转出一个又圆又大又厚实的煎饼。他一边安静地嚼着玉米饼,一边啜饮他的热巧克力。

"公爵"必须自己出去找食物。主人吃午饭的时候,这条狗光是吃莫里斯时不时撕下来抛给它的玉米饼块儿就心满意足了。它是一条高贵而勇敢的狗,一只眼睛上有一道伤疤,那是它和一只美洲豹猫对峙时留下的痕迹。它狠狠挨了一爪子,不过这条狗并没有因为面对近在咫尺的豹猫时明显的劣势就胆怯退缩。它不断地打着转，冲那只猫低声咆哮，等待着主人的精准射击。打到猎物以后，莫里斯就会把"战利品"吊在棚屋的横梁上。尽管这条狗已经瘦骨嶙峋，但还是相当警惕地守卫着主人的猎物，绝不会动它们分毫。

吃完饭以后，莫里斯端起他的猎枪，调好烟熏炉，把砍刀别到腰上，一个蜂房接一个蜂房地巡视起来。他给第一个蜂房起名为"拉蒙"，因为太阳升起时，附近有一棵漂亮的树相当扎眼。每个蜂房大概相距两里路。"拉蒙"后头是"鸟切"，再后面是"瓜亚坎"〔一〕和"焦棚子"，最后一个蜂房叫"飞机"，莫里斯之所以如此称呼它，是因为有一天在这个蜂房附近，他亲眼看见一架喷射式飞机在飞行中坠落。

从一个蜂房到下一个蜂房的步程中，喜好安静的莫里斯留心倾听每一个微小的响动：树枝最轻微的摆动和枯叶落到地上的沙沙声；潜藏在暗处的动物飞速逃离的动静；蛇贴在地面上蜿蜒游动的声响；鸟雀不同寻常的啼叫。走路时，他会留心尽量消除脚步的声音。他是天生的猎人：善于忍耐、敏感多疑、百发百

〔一〕 瓜亚坎，西语原文为 guayacán，意为"愈创木"。

中。有时，当出门五六天后再次回到齐蒂尔琴，莫里斯会给家里带回去许多鹿肉或野猪肉。

有一回，在他工作的地带闹了熊灾。那是一种被称为桑胡尔的熊，体型和美洲貘差不多大，浑身黑毛，只有脑袋是白色的，爱偷吃蜂蜜。东家同意补贴熊灾带给养蜂人的损失，每头熊补贴五比索。莫里斯就耐心十足地坐在一个蜂房前，静静等待着那些小熊出现。它们总是小心翼翼地接近蜂房，凭嗅觉判断含蜜量最高的那个，然后一掌拍掉蜂箱盖就跑。不一会儿，它们跑回来取蜂巢，为了不被蜜蜂蜇伤，这些熊还学会了在地上翻滚来躲蜜蜂。就在这时，枪声响起。莫里斯一直一动不动地紧盯着这些熊，瞄准时机扣动扳机。莫里斯原来每个月能挣三百比索，但现在就靠猎杀这些小畜生，他的收入直接翻倍了。

有一次，几个猎人途经他的营地，看见莫里斯一个人身处深山，就问他：

"在这样漆黑一片的环境里，周围又这么寂静，你只身一人，难道不怕遇到伊珂丝塔巴伊吗？"

"猎枪在手，还怕什么伊珂丝塔巴伊啊。"莫里斯这么回答道。

对他而言，无论是寂静、黑暗还是与世隔绝根本都不算负担。因此，当回到镇子里，朋友们问莫里斯，即便他不需要什么陪伴，但是一个人身处山林中是否会想念他的家人，想念外面的人，他回答道：

"那儿可比这里要好多了。"

他回到镇子上，到家洗个澡，去东家的办公处领工资。代办人对他说：

"莫里斯，前些日子你老婆来过一趟，从你的账户里领了一百比索。"

"那我还欠多少？"

"两千出头。"

"再给我五十比索，我要去拉马尔喝一杯。"

他去了那家小酒馆，静静地点了一杯奥尔卡特辛酒[一]。他能一个人在那儿待上好几个钟头，不和任何人厮混，只是一杯又一杯地点酒，直到把从东家那里预支来的五十比索全都花光。有一回，莫里斯正在吧台喝着朗姆酒，看见英国佬莫里斯和一群人一起走了进来。

[一] 奥尔卡特辛酒（holcatzín），墨西哥传统饮品，由蔗糖提炼的烧酒与野黑樱桃汁调制而成，在墨西哥东南部地区的坎佩切州以及尤卡坦州广受欢迎。

这位莫里斯是一个暴躁易怒的人，他已经很习惯别人一见他的体型就发怵，人们还常常怕他生气时涨得通红的脸色，怕他遇到一小点儿不愉快就拔高声音的坏习惯，怕他那双微微突出的、总是含着泪水的、似乎总在怒视着对方的蓝眼睛。他已经习惯了指挥来自亚洲和非洲的温顺雇工，但是，鉴于他的西班牙语实在不怎么样，他总是甩他手底的工人一记耳光然后大喊：

"混账东西！〔一〕给我干活去！"

莫里斯已经喝了有一阵了，酒精让他浑身都热了起来，他注意到莫里斯那桌人开始背着他拿他开涮：

"嘿，莫里斯先生，你看到吧台边喝酒的那个印第安人了吗？人家说他和你同名呢。"

"真的吗？我不信。"

莫里斯瞥了一眼，看见莫里斯脸上浮现出一种令人不快的微笑，露出了他洁白的牙齿和粉红的牙床。

"莫里斯先生，是真的。嘿，小孩儿，你来，和这位工程师说说别人怎么称呼站在那边的印第安人的。"

〔一〕 此处原文为英语"You bastard！"。

"莫里斯。"

周围爆发出的大笑声紧紧压迫着莫里斯的腹部,他对这一切装聋作哑,又喝了一口。莫里斯开始动怒了。

"大工程师,不会是你父亲在外头干的好事吧?"

那群人哈哈大笑。

"不,不,说真的,你父亲真的从没来过尤卡坦半岛吗?"

"没。"英国佬说着从桌边站起身子。

等莫里斯回过神来,那边的大笑声已经停了。所有人都看着他,而莫里斯就站在他面前。

"走,你该滚回家去了。"他被推搡了一下。

"别推我,老板。"莫里斯平静地说道。莫里斯的面颊涨得通红,而他淡色的眼珠看上去就像是冰冻住了一样。

"走开!回你家去!你喝醉了!"

在这种侵犯了他柔和的平静中,二人之间的距离波动起伏着,似乎一会儿离得很近,一会儿又离远了。当莫里斯说出"你喝醉了"时,莫里斯看见有唾沫星子从他嘴里飞溅出来,一直溅到他脸上。他一点儿也不害怕。在他看来，莫里斯漂亮的五官更像是怯懦而非残暴的象征。他愤怒起来显得很滑稽。那双蓝色的眼睛像两个深深的空洞，像两个地下湖或是两口深井，浅蓝色里蕴藏了土地的黑暗。莫里斯又被推了一把，他连退两步，看向那双凸起的眼睛，蓝色的水汪汪的眼睛。

"别推我；我不喜欢和你们这些老板打交道。"

他没不高兴，但是不喜欢和人争执，无论是工作上还是其他任何事情上。莫里斯看见那两口水汪汪的井深处蓄满了仇恨。他没必要走，他身上还有几个大子儿。他只是想一个人待着，就像待在那两只眼睛的深处。莫里斯感觉头上挨了一记，一只大张的手一下扯下了他的草帽。

"走。"

"我不想走。"

他想着怎么痛打那两口愤怒的、带着根茎般红血丝的水汪汪的蓝眼睛。想着怎么拾起草帽，怎么脱身。他看着那白衬衫的一角，就给了一拳。就这样，对，仅此而已。莫里斯愤怒地靠上来，但是他却赶紧往后撤。那蓝色都快要溢出来了。他摆出防守的姿势。有人想阻止他俩，但是莫里斯本人把他们都拦了下来。他俩往后面走去，莫里斯紧随着莫里斯来到了大街上，给他脸上来了一拳头，没打中。

他俩从人行道下来，一个人往前追打，一个人往后撤，两人横穿街道，朝着一片荒地走去。莫里斯结结实实地打中了莫里斯，几乎把他整个人都打趴在地。摔下去的时候，莫里斯摸到手边有一块石头，他站起来，手里攥着石头，像撞钟那样狠狠砸了上去。他看见一朵巨大的血花溅了起来，然后血咕嘟咕嘟冒了出来。人群往莫里斯身边聚集，而莫里斯就抓住这个混乱的时机，溜走了。

他没做任何准备，带着"公爵"就逃入了山林。自那起，他再也不在任何镇子停留。他有时住在橡胶工人的营地，有时住在废弃的锯木厂里。他一座山头一座山头地流浪着，靠打猎过活，也给那些住在小营地里的玛雅家庭帮忙做一点短工，那些玛雅人往往以种地或者养蜂为生，甚至都没听说过莫里斯这个诨名。

那些玛雅人给他取了个名字，称呼他为辛济尼托，因为他永远保持着沉默，也从来不在任何地方停留超过一两天，更因为他只与一条狗为伴，坚决在众人边缘生活。人们都已经认识他了，看到他路过，都会用玛雅语好奇地和他打招呼："辛济尼托来了，他躲躲闪闪又沉默寡言，任谁也不知道他究竟在躲什么人，或是在躲什么东西。"

就这样，莫里斯四处流浪，在各方漫游，走过了那些红土白石的大路小径。他自认为是大山的主人。他相当清楚每一条山缝、每一片空地会把他引向何处，也很了解哪儿有水塘，哪儿有地下湖。只有到这时，他才明白自己的情绪竟然丝毫没有波澜。在打猎与做梦之外，他最重要的工作就是观察：闻一闻蒂奇蒂奇尔切花[一]的香味，听一听牛虻振翅的嗡嗡声，尝一尝番荔枝与破布木[二]的味道，看一看茶卡木泛着金光的

[一] 蒂奇蒂奇尔切（dizidzilché），尤卡坦地区特产灌木，一年只有八周花期，花白，有奇香，可炼制花蜜，是玛雅人传统的炼蜜花卉，蒂奇蒂奇尔切花蜜也是世界上最稀有的蜂蜜之一。

[二] 破布木（siricote），英文名ziricote，拉丁名 *Cordia dodecandra*，属于紫草科破布木属，是一种落叶乔木，高达30米，直径70厘米。该品种具有多种用途。树皮被玛雅人用于治疗咳嗽和腹泻。树叶被用作砂纸和非常有效的钢丝绒清洁器，花是很好的蜜源，果实可用来做蜜饯果酱或动物饲料。此木只分布在墨西哥、伯利兹和危地马拉，是世界珍稀木材。

树干。他承认,他永远不可能亲近那种与人为伴的生活,只有远离人群,他才能学会更好地生活。真见鬼,只有不去回应别人的诉求,他的生活才会更舒适。无论是编筐、打猎,还是照顾玉米田,这些他会做的事儿在镇子上对他没啥帮助。相反,他喜欢那些动物的存在,喜欢观察它们在地上匍匐前行,喜欢看它们穿过杂草丛悄悄溜走,喜欢鹿优美的身姿,喜欢永远有鸟儿在头上飞行,喜欢沟嘴犀鹃的声声夜啼。莫里斯观察那些水塘边飞舞的黄白色蝴蝶,他喜欢闻雨前空气中的气息,然后听雨水齐整、有节奏地从空中落下。

一天早上,莫里斯正帮着胡安·佩奇提取蜂蜜。每回路过他的小营寨,莫里斯都会和他一起吃顿饭,然后帮他做点儿事。身材敦实的佩奇用小刀把蜂巢切成一片片的薄片,莫里斯就用一口手摇磨把这些薄片榨出蜂蜜。他们在一个几乎不存在的山缝边上工作,周围开满了塔霍娜尔花[一],只有运木材的卡车留下的一点儿车辙痕迹。他们身边摆着烟熏炉,用来驱赶那些被阵阵蜜香吸引来

[一] 塔霍娜尔(tajonal),拉丁名 *Viguiera dentata*,尤卡坦地区常见植被,花小而黄,常被用来炼制花蜜。

这儿、围着他们嗡嗡个不停的蜜蜂。

他们听到了不断靠近的汽车的轰鸣。那是一辆皮卡，从山缝里驶来。看见他们的时候，车停了下来。车上坐着三个男子，白人，都来自齐蒂尔琴。其中一个家伙有一双浅色的眼珠。

"早上好，"坐在方向盘后头的人朝莫里斯开口说道，"我们在打猎。能不能给我们发动机的散热器加点儿水？车子都开烫了。"

"跟我来，"佩奇说道，"我家边上有一口井。"

司机下了皮卡，提着小桶跟着佩奇走了。另外两人也下来把烫到冒蒸汽的车盖打开。其中一人靠近莫里斯正在榨蜜的小磨，开口问道：

"收成怎么样？"

"还行。"莫里斯低着头回答道。那是一双天水蓝的眼睛。尽管那个男人比莫里斯要年轻许多，但是他察觉到了藏在那双伪善的蓝眼睛背后的东西，如同一个黑夜藏在白日之后。

"不错，不错。"那个多管闲事的家伙漫不经心地说道，然后去和同伴会合。

佩奇和司机提着水回来了，他们把水浇到散热器上。那三个男人道了谢,又坐上车渐渐驶远,向大山深处进发。莫里斯目送他们,把那双浅色眼珠刻在了心里。炼蜜的活儿干完之后,佩奇建议莫里斯今天就在他家里过夜,不过莫里斯一如既往地拒绝了邀请。

他穿过整片平原的一侧,一种疲倦混合着宽慰感爬了上来。他看见广阔的绿色平原一直延伸向天际,这单调的画面里夹杂着一些远远可见的树木,以及一面同样朝着无限处铺展开的蓝宇。他钻进密林深处,在藤蔓与荆棘丛中穿梭,辨认着每一棵木棉,每一棵雪松,每一株乌檀,辨认着这唯一让他感到亲近的世界中每一处起伏变化。他就这样走了好几个小时,然后找了一个小小的林间空地停了下来,背靠一棵木棉的阴影,莫里斯开始准备煮波卓尔糊糊〔一〕。他放下了手里的编织袋,掏出杯子,然后去一处地表的凹陷处接雨水。回到空地时,莫里斯察觉到"公爵"相当焦躁不安。他端起来福枪,似乎是隐隐听见了响动。莫里

〔一〕 波卓尔糊糊(pozol),源自纳瓦特尔语pozōlli,一种可可粉与玉米而调制而成的饮品,是墨西哥南部地区,尤其是恰帕斯和塔巴斯科地区的传统饮品,也是当地土著人长途旅行时相当便捷的热量来源。

斯沉着而专注地蹲守着，留意着周围的一切。

"别叫！公爵，别叫！"莫里斯向那条狗低声命令道，竖起耳朵想听清什么。

下午四点的太阳迎面照在他脸上，让他的眼中有了一种深沉而悲伤的神态。莫里斯眉头紧锁，咬住自己的嘴唇，目光在周围的每一丛灌木之间来回扫视。他用狗一样的耳朵沉心听着动静。山鸡啼叫。空气中热浪翻滚，"公爵"低声哼叫。在一个极小的缝隙里，他看见那三个来自齐蒂尔琴的男人带着枪出现在了林间空地。"公爵"狂吠起来。一声，两声，三声。复仇的枪声在午后广阔的苍穹下响起。

Adrián Curiel
阿德里安·古列尔

马德里自治大学西班牙和拉丁美洲文学博士。墨西哥国立自治大学人文与社会科学尤卡坦梅里达半岛中心研究员。已出版的有小说《几个孩子淹没了房子》《第一桨手》《穿过马德里》《墨丘利和其他的故事》《阿马里洛先生》《出其不意》《维京人》《谁记得奥薇朵夫人》《白色回归线》《自由日》和散文集《临界目击》《十九世纪拉丁美洲小说中的加勒比海盗》《西班牙小说和拉丁美洲热潮》等。

休息日 *

刘雪纯 | 译

这只狗是劳洛在我父亲出事不久后送给我的礼物。那是父亲第四次入院。我记得收到礼物时那种矛盾却极为强烈的快乐。当时我就像在一粒胶囊压缩久了,回到公寓稍微休整一会儿,暂时挣脱那些在豪华医院里度过的、守在父亲身边的无尽长夜。医院永远是医院,无论装修得多像酒店。离开天使医院的时候,我在大厅碰见一群身穿白大褂的护士和医生,他们吵吵嚷嚷,对我们身体日复一日的腐烂漠不关心。我走到

---

* 本故事收录于《休息日》(墨西哥:墨西哥国立自治大学,"跳房子"系列文化传播篇,2016)。

小巴站。那个星期，爸爸撞毁了我的汽车。前一个星期，他撞毁了自己的。

我坐地铁前往城市北部；接着转乘，往东南方去；我爬上楼梯，走出地铁口，来到大街上。当然，这个时候松一口气还为时过早。我垂着头走过剩下的三个街区。疲惫正在摧毁我，我因为预感自己又要哭起来而陷入彻底的无力，这加剧了我的愤怒与悲伤。我忘记带公寓钥匙，或者是我不小心把它放进了文件袋里，妹妹来接我的班时我把文件袋交给了她，我把耳朵贴在楼下的对讲机前，在扬声器吱吱嘎嘎的杂音里听见劳洛的声音。"请问阁下是坏人吗？"他在五楼的家里故意用鼻音浓重的清脆声线问道。他的故作轻松让我放松了一点儿，但我没心情跟他开玩笑。我只渴望舒舒服服地冲个热水澡。"给我开门！"我回答说。真巧，那天电梯也坏了，我无精打采地从楼梯走回家。我渴望在热腾腾的水流下待上很久，我会用海绵反复搓洗身体，直到那层腐烂的肉从发红的皮肤上脱落，它像铁锈一般附着在我的身体表面，蹭满了衣服。我只想洗掉它。之后，我会喝一罐冰啤酒，或开一瓶红酒，坐进沙发里，靠着劳洛，漫无目的地切换电视频道，喃喃地问自己：

父亲怎么就走到了这个地步？陷进自己的沼泽里。陷进无法停止的、一杯接着一杯的对酒精的索求里。陷进疾病、生理盐水与消毒剂令人生厌的气味里。

劳洛除下安全链，打开房门。他想吻我，但我粗暴地推开他。他站在我面前，不准我再往里走。他伸展胳膊，分开双腿微微蹲下，滑稽地模仿着篮球运动员的姿势。我的情绪处于爆发的边缘，但是我应该控制自己。劳洛没有错。"那么，"他问，"您觉得怎么样？""觉得什么怎么样？"我恶声恶气地回答。我应该控制自己，劳洛是最无辜的人了。我承认，那天我真的没有注意到。胖胖的劳洛正显摆着身上鲜绿色的、过分束身的运动上衣（他不久前爱上了健身）。他决定用一条棉质宽松长裤搭配它，那是他的母亲去墨西哥旅游时买给他的，由恰帕斯州原住民手工织成。我让步了：我准许他亲吻我，拥抱我；接着，他用温暖的大手捂住我的眼睛。显然，还有一个惊喜在等着我。"你没觉得有什么奇怪的吗？"他问。在那样的情况下，除了自己起伏的怒气，我没察觉到任何奇怪的事物，一切与平常没什么不同。我仔细听着周围的响动。什么都没有。如果非说有什么声音，只有照旧从街上传来的嘈杂，被落地窗减弱了些。等等：这么热的天气，家里空调也没有打开，为什么阳台的落地窗是关上的？劳洛的手掌盖在我的眼皮上，我皱皱眉，继续专注地听着。如果听得足够努力，我能听到一阵持续但微弱的响动，像是一只鸽子在用爪子抓挠花园里躺椅的布垫。劳洛把我带到狭窄的客厅的最里面，他让我跪在沙发的坐垫上（一个非常古怪的姿势）。我不得不靠着沙发扶手，像在教堂祷告时跪在跪椅上一样。劳洛移开双手，"惊喜！"它就在那里，在沙发投下的阴影里，在两摞杂志围成的空间里跑来跑去，摇着它刚剪断不久的一小截尾巴。它摆出吠叫的样子，但只发出几声嗫嚅；它尝试了几个复杂的跳跃动作，但毛茸茸的前后腿像在互相打架，把自己绊倒在铺着地毯的木地板上。一只可爱的魏玛小猎犬。随着它的长大，富有光泽的灰色皮毛将逐渐变深，湛蓝的眼珠将蒙上一层青黄。它露出野兽幼崽特有的锋利犬牙，高竖的耳朵威风凛凛、形态优美，显示着它的血统：称霸黑森林[一]

〔一〕 黑森林，又叫黑林山，德国最大的森林山脉，位于德国西南部的巴登－符腾堡州。

的捕猎者的后代。我把小狗紧抱在怀里，给了劳洛一个热烈的吻。我突然崩溃，放声大哭起来，无力感与一种强烈的幸福同时笼罩着我。

洗完澡，我和罗格里奥——这是我给新宠物取的名字——一起坐进沙发里，劳洛在一旁帮我做三明治。他拿着啤酒回到客厅，递给我装着三明治的盘子，把罗格抱到他的膝上。我一边吃，一边把医院里的最新情况讲给劳洛听。检查结果表明，我父亲的神经、肝脏和心血管都有损伤。酗酒的恶习已经摧毁了他。如果他想活下去，就不能再沾一滴酒，连我们现在正喝着的这种温和的啤酒也不行。内科医生已经提出警告；在之前的三次住院中，许多医生都警告过他。"我不是悲观，劳洛。我清楚他早就是个病态的酒鬼了，他的意志力已经被腐蚀，也就没有决定的自由。但我仍然控制不住地讨厌他。我的爸爸已经不是过去的他了。我觉得他再也变不回以前的样子了，劳洛，他受不住的。"

劳洛站起身，把罗格[一]放在我身边。他亲昵地揉了揉我的头发，把盘子收回厨房里。"只要酒瘾再复发

[一] 罗格，罗格里奥的昵称。

一次，真的，这不是开玩笑，他就完了。"罗格竖起耳朵，爬上我的腿，蜷成一团。它盯着电视屏幕里闪动的荧光，我们一直把音量开得很低，播放着新闻节目。我把空酒罐放到茶几上。劳洛回到客厅，罗格突然放了一个臭屁，动静大得像一只斗牛犬。"我的妈呀！"劳洛大喊道，笑得喘不上气。他向我发誓说它只吃过最高级的狗粮。至少，宠物店里的人是这么跟他说的。睡觉前，我们用报纸搭了一个临时狗窝。第二天，这个窝就被罗格用尖爪子刨了个稀烂。

今天是罗格里奥的四岁生日，我的父亲戒掉了酒瘾。众所周知，狗的一岁约等于人的七岁。因此，我忠诚的朋友正值壮年，我苍老的父亲则已步入艰难的无声衰败。我们像两块磁铁的同一极，彼此越来越远。劳洛认为，我和父亲骨子里是一样的人。父亲在疗养时不停责备我，说我是他酗酒的根源。我总是让他失望。按照最基本的家庭法则，长子无论如何都该成为继承者。所以，我应该担起责任，接下他成就卓越的刑事律所，但是我不断用在他看来是怯懦表现的借口逃避着，使他不得不把生意交给布伦达。她是我唯一的妹妹，事实证明，她比我强得多。尽管没有律师执照，但她在律所和法院间总能如鱼得水。布伦达长得漂亮，擅长待人接物；面对别人的打压毫不胆怯。她是个战士。相反，我像个仆人，从小就是个"小怪人"，早就放弃了被安排好的大好前途。我从事机器零件的进口和销售生意，一份没用的卑微工作。更滑稽的是，我生活的国家正由一位脑子不太正常、追随"新时代运动"[一]的左翼女政客统治着，正是她禁止了机器零件的进口。经济与社会的大势所趋反而让我更加愚蠢固执，将性格中的缺陷暴露无遗。父亲觉得只有穿喉的烈酒才能帮他应付这件心事。他总是坐在宽阔客厅的吧台旁，眯起眼睛恶狠狠地打量我。他想让我背负无法忍受的负罪感。父亲褐色皮肤的手从冰桶里取出威士忌，一杯接一杯地喝着，不时发出悲哀的笑声。他永远穿着平整熨帖的定制西服，领带一尘不染，他晃了晃杯中的冰块，抬头一饮而尽，又笑起来。他的银发梳往头后，一丝不乱，棱角分明的颧骨如同向我复仇的冷漠讯号。都是我的错，他的话反复刺穿我，他

[一] 新时代运动（new age），一种兴起于20世纪60—70年代的西方思潮，认为全人类将会摒弃对立与矛盾，进入一个更为和谐的新时期。

才会这么沮丧。他再次嘲讽地摆出碰杯的姿势。都是我的错,还有我那个只知道护犊子的轻佻母亲。她把我溺爱成一个软弱的女孩。

在大学里,我读了父亲希望我读的专业,他对我前途的乐观情绪甚至感染了我。我问他为什么费那么多心思去帮一个大毒枭或一个已经认罪的无耻杀人犯逃脱牢狱之灾。父亲回答说,在法律上,程序的正当和事实本身同样神圣。一天晚上,我们和他的企业家、政客朋友一起,在一家高级餐馆里吃饭。一桌人推杯换盏,他喝了一杯又一杯,服务生殷勤地添酒,我的酒杯却满得快溢出来。我跟不上他的节奏。爸爸拍拍我的背。他的世界是成年男人的世界,充斥着阴谋诡计和智力游戏。总有一天我也会明白这一点,妈的。接着,一帮人又去了酒馆,乐队演奏着蹩脚的马利亚奇舞曲〔一〕,龙舌兰酒贵得令人咋舌,似乎这些酒并不在总统禁止进口的商品清单里。我悲哀地明白了所谓的程序正当。还有其他东西。父亲热情地拥抱着他的议员朋友们,他们又来拥抱我。这些人身上散发着德鲁

〔一〕 马利亚奇舞曲(el mariachi),一种墨西哥民间音乐。

伊人[一]的气息,我闻到他们腋下的汗味,像一口口马麦锅[二],煨着气味浓烈的古龙水和正被消化的大蒜。天马上就要亮了,所有人伴着探戈和马利亚奇舞曲,跳得身体快要散架。

我是同性恋这件事很快给了父亲又一个借酒浇愁的绝佳理由。没能看穿我和劳洛的关系让他尤其恼火。在父亲和母亲离婚两三年后,我和他去餐厅吃饭,借机把劳洛介绍给他认识。父亲像往常一样没好气地对我指指点点,却和这位他眼中我的好朋友聊得十分投机。他尤其欣赏劳洛的建筑师身份,他可是有正经工作的,不像某些人。"是个满分的小伙子。"劳洛一起身去洗手间,父亲就这样对我说道。"一眼就能看出来。"他继续发表着意见,说劳洛真是个不错的年轻人,不知道俘获过多少女人的芳心。"说起这个,你什么时候才能有个正经女朋友?你不觉得丢人吗?""上帝会帮我安排的。"我试着开玩笑。但是他铁青的脸像满布

[一] 德鲁伊人,古凯尔特人中的特权阶级,包括僧侣、医生、教师、先知与法官等,通常以指导者或参谋身份参与政治事务。
[二] 马麦锅,一种大型的有盖砂锅,德鲁伊人中的医生常用这类锅熬制草药。

荆棘的干裂土地。劳洛回来了,父亲的脸上又有了笑意,他又找到一个为自己斟满酒杯的借口。晚餐结束时,他们两个人咋呼着抱了又抱,摆出男子汉的架势握手作别,白兰地让两人的脸上都是一片绯红。"这一顿我请你",我的暴君父亲说,"让那个娘娘腔……",他朝我努努嘴,指着我说,"自己付账。他还穿尿布的时候就是个让人扫兴的东西。"我的父亲不知道他是在我的伤口上撒盐。他也不知道他的刻薄有一天会变成自作自受。

在我和劳洛的关系公开后,父亲怒气冲冲地约我去他独自居住的豪宅。他几乎是啐出一个个怨怨的字眼,我甚至能感到他的唾沫星子从我手机里喷出来。我还得去他家里收拾自己的东西,它们躺在那间我直到父母离婚前还住着的房间里,很久没人搭理。让父亲吃惊的是,我竟能如此勇敢。下定决心划清界限后,我向他挑明,从那一刻起,我们各走各路。

仆人梅琳达打开门,她不敢直视我,歪了一下头示意我进来。我穿过前厅,惊讶地发现这个我曾熟识的地方已经如此陌生。我疑惑为什么梅琳达还穿着制服。墙上挂着昂贵的抽象画;大得突兀、连停一辆吉普都绰绰有余的壁炉。宣告着主人的自傲的动物标本和给钱就能获颁的狩猎者勋章，见证了父亲对狩猎旅行的短暂狂热，他还去过博茨瓦纳[一]，装备齐全，挎着专供游客的猎枪。我走进客厅时，果然看见父亲坐在吧台边。他把弄着酒杯和调酒器；从柜子里取出一瓶酒——像是伏特加——抬头一饮而尽。和以前一样，他把通往花园和泳池的玻璃门关得严严实实。父亲用手背把嘴一抹，大骂起来：娘娘腔，基佬，垃圾，臭不要脸。为什么介绍那个同性恋给我认识？肯定是他来上你吧？连润滑油都省了，就算是搞同性恋你都是等着被人上的那个。我就知道他会说这些话。"我看见你就恶心。"他一边说一边做出用手指抠喉咙、快要吐出来的样子。他扶着吧台朝我走来，想打我，扇我耳光。我拧住他的手腕，用愤怒和嘲讽的眼神定定地看着他。他试图踢我，我上前一步，抬起膝盖避了过去。他垂下头，身体突然瘫软，号哭起来。我一点儿也不可怜他，使劲地推了他一把，他摔坐在地上，继续哭着。我上楼去拿自己的东西。我把它们收进一个运动

[一] 博茨瓦纳，非洲南部国家，是狩猎旅行的热门目的地之一。

包里，颤抖得快要晕厥。很久以前，这里曾是我的家。在关上大门离开前——梅琳达已经及时躲开了——我瞥见父亲已经又在吧台边正襟危坐，成堆的酒瓶像骑士般守卫着他。

不久，他第一次被送进医院，之后他在医院卧床的时间越来越长，情况越来越糟糕。上一次住院时，也就是四年前，他看上去快死了。四年以来，我们并不讲话，各自想着心事。我们之间有一种力场，让两个人像太阳和月亮，各自存在着，但从来不会碰面。

今天是我的休息日，我想带罗格出门散步，悄悄庆祝它的四岁生日。需要解释一下，我自己当老板。所以严格来讲，不需要别人来给我放假，只是我自己决定在这个周五的下午放假出门透透气。整个早上我都在忙着申请许可证，应付这个可悲的国家无休无止的银行审查。我没什么好抱怨的：尽管取钱额度受限，存款永远被冻结着，财政部新上任的托克马达〔一〕大法官们横征暴敛（正当程序），但挣扎着活下来也不是没

〔一〕 托马斯·德·托克马达（Tomás de Torquemada, 1420—1498），15世纪西班牙天主教多明我会僧侣，宗教裁判所首任大法官。其名字一度成为宗教裁判所令人恐惧的迫害行为的代名词。

有可能。我，还有许许多多人，都拼命工作着。是时候了，尽管胃里翻江倒海，我也要咽下上涌的胆汁，咬紧牙关，乖乖地向巨大金字塔里腐败的寄生虫们奉上回扣。布伦达在帮我，偷偷摸摸地，尤其是背着父亲塞给我一张支票时；劳洛当然不用说；还有我的妈妈。就这样，东拼西凑地，我竟然也勉强将生意维持了下来。

　　大概我是个疯子吧，为一个愚蠢的念头着了魔——也许不止一个？每当我想投降，想放弃我卑微的努力与少得可怜的收益，跑到父亲那里乞求他可笑的施舍，求他随便给我一份律所里的差事，每当这样的时候，我就会想象一个宣告正义的美妙画面。永远是同样的场景：他穿着深栗色西装，系着丝质的红色领带，坐在他的王座——一把高高的皮椅——上给文件签名。他的双手已经干枯，老年斑是他被时间彻底耗损的证据，腐蚀他的还有对酒精长达几十年的虔诚依赖，尽管他已经戒掉酒瘾。一名雇员怯怯地用手指敲了敲门，走进去告诉他，我终究还是过得不错。他的面孔扭曲了，把钢笔扔向办公室里摆着的照片（里面只有一张是我的，照片里的我还是个小孩）。他的双手因为痛苦而颤抖，抓挠着皮椅的扶手。

已经一点半了，柜台后那个叫卡里娜的职员在我的文件上盖好最后一个章。我想干脆省掉午餐，回家带罗格出门兜风。时间已经比我计划的要晚，而且我也不觉得饿。我从拥挤的队伍里挤出来，心情糟透了。我在路边等出租车，白亮的阳光照得人头晕目眩，怎么这个季节还这么热。我戴上墨镜，打消了坐出租车的想法（这个点儿路过的出租车全都满载），烦躁地走回公寓。我把文件夹放在门口的小柜子上，开始翻找遛狗绳，因为我打算待会儿把罗格牵在我的左前方，等走过几个街区、快到公园时再解开绳子，让它在那片风景宜人的居民区自由活动，公园尽头是一面荒草丛生的悬崖，垂直的峭壁下一条小河蜿蜒流过，对面的山坡上矗立着国家足球运动馆。

路上，与我擦肩而过的人都行色匆匆，我却听得到我的鞋底踩碎枯叶的声音。在我们的世界里，所有人——手里拿着手机——都露出焦急的神情，尽管似乎没人确切知道要去向何方。信号灯也在冬季的萧条里染上了慌张：在每个路口像发疯的独眼龙一样拼命眨眼。我抬起头，看见因为温室效应变得灰蒙蒙的开阔天空，映在大楼的玻璃幕墙上，被分成许多小块。

城市坐落在山谷里，我远眺的视线被四周光秃秃的山挡了回来。我停在无人理会的斑马线上。摩托车排气管发出爆炸似的轰鸣，横冲直撞的公交车留下令人窒息的尾气，轿车司机探出车窗户粗鲁地对骂，这里像是沙漠中一场生死攸关的拉力赛，而不是所谓基于人类利益的文明社会。一辆轿车从我身前擦过，开车的神经病疯狂按着喇叭，吓得我直往后退。我气疯了，冲着扬长而去的车比出中指，祝这位司机马上撞车死掉，秃鹫飞下来啄他的眼。

我终于走到对面。那个开车的蠢货踩下刹车，摆出要轧过双行道分界线上的稀疏灌木丛、掉头来我面前的架势，但车后不停的喇叭声催他快走。他同另一位跟他半斤八两的司机吵了起来，两人几乎要下车动起手来，随他们狗咬狗去吧。

路边的酒瓶木棉几乎没有绿意，通身灰扑扑的。树干上的小刺和树皮上的疤痕使它们看上去姿态诡异，像是腐坏得只剩骨架。正对房屋铁栅栏的花坛里，草皮已经干枯。沥青路面热得快要融化，长角豆树弯向地面，像在寻找一眼神迹般的泉水。我继续走着，开始觉得口渴。我想随便钻进一家小店，点上一杯啤酒，但是我不想再拖延带罗格出门这件事。接着，我莫名其妙地想到了国家足球运动馆。不知道接下来的赛事怎么安排。它的主场球队牵扯进贿赂裁判的大号丑闻里，被降级到了甲级 B 组。

一阵凉风吹过，吹得脸有些刺痛。我又看了看天空。尽管浑身是汗，我还是竖起了夹克的衣领。除了弥漫的雾霾，一片云也没有。到了晚上，天气变得铁一般坚硬寒冷。苍蝇围着我嗡嗡地横冲直撞。脚边随处可见的动物粪便使我开始想象尼尔·阿姆斯特朗在由粪便堆成的月球上翻过火山口的情景。

又走过几条街，我远远看见五楼的阳台。一位女士朝我问好，我不知道她是谁。我正准备拨通楼下对讲机的时候——我总是忘记带钥匙——口袋里的手机开始震动，我为劳洛设置的铃声响了起来，他现在应该正在楼上的家里。尽管我接得并不慢，通话还是被挂断了。我试着给他拨回去，但我被转接到语音信箱。我继续回拨，但手机开始下载一些我根本没有选择的应用。这时候，我收到劳洛的短信："高压锅事故。一切都烧了。"门终于弹开了，我跑上楼梯，推开半掩的家门，一股难闻的烟雾熏得我头晕，像是夹生的食物吃进嘴里的味道。高压锅的锅盖赫然躺在过道上，表面凹凸不平。厨房里的墙壁剥落了一大块，溅上了黏答答的番茄、洋葱和煮熟的肉。天花板上粘着胡萝卜和土豆，像山洞顶部的钟乳石。锅盖内侧看得见熔化的橡胶圈的痕迹。我跨过一地狼藉，发现劳洛躺在沙发上，脸上手上都盖着湿毛巾。

接下来发生的一切都充满了不真实感。我打电话叫来救护车（或者说我认为我打了电话），我尝试安抚罗格，但是失败了。我"灵光一现"，决定把它关在阳台上。我和救护员一起把劳洛抬上担架，从电梯送下楼；我在医院前台填好表单，这正是我父亲四年前入住的医院。急诊室里，我靠近劳洛简陋的床位，只有一架摇摇欲坠的帆布屏风把它和其他床位隔开，别的病人呻吟着，活像一部恐怖电影。我把手轻轻地放在他的小臂上（我的袖子里贴着一片桂叶），劳洛痛苦得像是有人在用一把锉刀把他锯开。

说到这里，我必须承认我的丈夫（等同性婚姻在整个国家合法化，我们就会立刻结婚；我会邀请爸爸来当证婚人）有点儿没脑了，这个追随国际上最为先锋的潮流、能够设计出一座座摩天大楼的建筑师，居然无法理解，当压力锅的安全阀还没有落下时，锅里的高压蒸汽是会引发爆炸的。

我们回家时已经很晚了。绷带。药膏。抗生素。止痛药。以及镇静剂。他需要在家里静养三到五天，窗帘必须拉得严严实实的。劳洛的伤处发炎红肿，长满水泡。幸好爆炸的时候他下意识地转过脸去。他的一只耳朵已经血肉模糊。我把钥匙插进锁孔的时候，邻居戈麦斯打开门，对我身边裹得像木乃伊一样的劳洛表示关心。他说，我们不在家的时候，罗格里奥一直在叫，他甚至害怕它会从阳台上跳下去。我对戈麦斯的关心表示感谢，劳洛走进门，他穿着病号服，双腿叉开、手臂伸直地穿过过道。几条弯弯曲曲的绷带从他肩上搭到背后。我关上门，帮他在床上用一个尽可能舒服的姿势躺好。我打开电视，但是脸上的纱布烦得劳洛看不下去。他让我还是在唱机上放一张米克·哈维[一]的唱片更好。"你确定？"我问，"他的音乐挺致郁的。"但劳洛坚持要听。这个时候，罗格正在

[一] 米克·哈维（Mick Harvey，1958），澳大利亚歌手，创作音乐以后朋克摇滚乐为主。

玻璃门另一边警觉地观察着我的一举一动，时不时汪汪两声。我端来一杯水，劳洛吃了药，很快睡着了。

今天发生的意外没有改变我带罗格出门散步的计划。这是我的休息日，我不愿意把安排好的一切作废。我已经跟罗格说好了，小可怜。而且，这么大的动静让它格外紧张。当邻居说他害怕罗格会从阳台上跳下去时，我就想反驳他了，罗格不仅是最忠诚的护卫，还特别聪明。当它还是小狗崽的时候，我总是随身揣着塑料袋，好收拾它的粪便，但现在它已经会自己跑去厨房外面的过道了，我们在那儿摆着硬纸壳盒子。不过它还是会在街上到处撒尿。

"过来，罗格，咱们趁下件坏事还没发生赶快走。"我还是不太放心留劳洛一个人在家。罗格已经用后腿支撑自己站了起来，不停地挠着门。木头门和金属把手上满是它的抓痕。回头还得修门，尽管没什么必要。"嘘！"我用命令的语气对罗格喊道，用食指指着它，以示警告。我又摸了摸它的头，为了让自己安心，我说服自己相信，就算只从概率的角度看，今天也基本不可能再有坏事发生了。劳洛会没事的，我和罗格一个半小时后就会回来，我把计划好的行程缩短了一半。

我写了一张便条放在餐桌上,说我们很快回来,又给劳洛盖好被子,亲了亲他包着绷带的前额。他响亮地打着鼾。我走到门边,从平常放钥匙的浅口装饰盘里取出钥匙,那是个土著风情的盘子,我不记得是在哪里买的了。劳洛一直想安一个挂钩来挂钥匙,说是这样更方便找到,但说实话,我们快懒死了,谁也不想多走两步去拿工具箱。

在楼梯间等电梯的时候,罗格像发疯了一样。它两腮鼓起,哀叫着,耳朵一会儿竖起一会儿耷拉,鼻孔不停地喷出粗气。它不停地原地打转,脖子上的皮绳绕成一团。它的喉咙像被堵住了,挤出尖利的响鼻声。"消停点儿,小畜生!"我蹲下来喝止它,它扑上我的肩头,不停舔我的脸。"嘘!停!坐下来!"

某位粗心的住客忘了关楼门。罗格用爪子推开半掩的门,拖着我跑到人行道上它最喜欢的花坛前,那里有一丛干枯的矮灌木。尽管套着项圈,罗格的力气还是大得像马。我们总是先进行这样一套仪式:它冲着家的方向伸长脖子,折起修长的耳朵,将一条前腿弯曲着抬高,尾巴直直上竖。这副狩猎出征的姿态不是为了侦察枯枝间某只危险野兽的藏身处(当然,这里也不可能有什么野兽），而是给我足够的时间来瞻仰它，亲昵地用并不存在的相机为它摄影留念。接着，它打破一动不动却凶相毕露的造型，原地哗哗地撒起尿来，活像皇家港[一]某个酒馆里的海盗。

　　它通过狗绳牵引着我的手，我不得不跟上它的步伐，像平常一样继续前往公园巡游。好几次，绳子传来的力量如此强烈，让我感觉自己仿佛正在滑水，紧握手柄跟在拖船后。我通常会在那一段路上用皮绳拴着罗格，因为在天完全黑下来之前，公园里小孩们还三三两两地活跃着。罗格当然不会攻击他们，但是很多孩子看见它就吓得跑起来，它则把这当作是对自己加入游戏的邀请。前几天，我没有给它套上绳索，结果我差点跟一个神经质的父亲打了起来。他一看到我们就朝我发难，威胁说要报警，说罗格是攻击性很强的犬种，必须给它戴上嘴套。"你倒说说为什么必须给它戴嘴套？"我反问道。对方跟我年纪差不多，几乎要冲我扑过来。你想象不到，在这个危机四伏的国家

[一] 皇家港（Port Royal），17世纪后半叶位于中美洲金斯敦港附近的一座城市，是当时加勒比海地区的航运中心，也是掠夺者与海盗青睐的避难地。

里，有多大的压力正在摧毁人们的神经。在事情闹得不可收拾前，我向他解释说，罗格只是魏玛犬的近亲，就连魏玛犬也不是所谓的"杀人机器"，而是早就被驯化的猎犬，跟人类相处得十分和谐。那个男人嘟哝着，像是句含糊的道歉，脖子上的青筋放松下去。他牵着儿子的手走开了。在游乐区里，有孩子过来逗弄罗格，它欢腾地回应，他们又惊慌失措地跑开。如果小孩们逃上滑梯，罗格稍微跳一下就能跃上去；如果他们爬上别的游乐设施，罗格只要挺身站起来就可以把头探过去。

我看了一下四周，确认公园里没有其他人。事实上，远处的长椅上似乎有一对老年夫妇。不过大概就算是一只豹子朝他们扑去，他们也会无动于衷。我除下罗格的项圈，它优雅地一溜小跑，奔向宽阔的空地。途中碰上了一只流浪狗，它们趾高气扬地彼此打量，都觉得自己高对方一等。流浪狗扭头在垃圾堆的瓶瓶罐罐中扒拉起来，它早就在那里撒了泡尿圈占地盘。我冲罗格大吼，让它离地上的一堆狗屎远点儿。为什么狗总是津津有味地对着同类的粪便又嗅又拱，还冒着可能被里面藏着的小块鸡骨头噎死的风险！

罗格四处乱逛，一会儿研究地上的塑料袋，一会儿钻进枯死的树林里嗅来嗅去。我斜靠在水泥长椅上休息。温度已经骤降了六度左右，我从大衣里掏出帽子戴上。我忘了戴手套，只能把手揣进衣兜。罗格踏着草坪往半明半暗的树林深处去，我没有管它。我抬起头，饶有兴趣地观察深蓝色的夜幕如何垂下来，包裹住建筑物的轮廓。每年的这个时候，夜空里的星星像冻住了似的，像人造光源似的闪闪发光。满天的星星佛是一堆聚乙烯碎屑，看上去不过是电影的道具。

为了抵御刺骨的寒意，我抱起胳膊，尽量不靠在冰冷的椅背上。我把下巴缩进上衣的高领里，低头看了看自己沾满灰的鞋尖。我平常带罗格出门时都会换上运动鞋，虽然也脏兮兮的，但穿着很舒服，今天我甚至忘了换鞋。空气里飘浮着许多尘粒。我注意到罗格跑远了，冲它吹了声口哨。它失神地往树林更深处跑去，但过了一会儿又蹦跶着回来。劳洛肯定不会有问题，我不用担心。今天下午真发生了那些事吗？它们不是发生在几十年前，甚至是我上辈子的事吗？还有我父亲的那些事，都是真的吗？我迷失在天际的星云里。别绕着我的脚打转，罗格，我会摔跤的。我跟你讲过多少遍了。

我们走出公园——那对悠闲的老夫妇的身影消散在远处——拐过街角。没有了项圈的束缚，罗格兴致勃勃地带我往居民区的山坡上继续我们的出游。我几乎要一路小跑才能跟上它。我不时停下脚步，喘着粗气靠在一棵树或一根电线杆上休息。我们已经到了街区中心：罗格沿着矗立着许多漂亮住宅的山坡往上爬，住宅的外墙都被漆成白色，人字形屋顶整齐划一地铺着法式瓦片。只要路上稍有动静，体型巨大、身体精壮的牧羊犬就会从门厅或院子里冲出来，激烈地吠叫着，被自己既是守卫又是囚徒的矛盾身份折磨。我的魏玛犬皮毛透出天鹅绒般的光泽，高昂着头，优雅地阔步向前，远远看去像一匹黑色的骏马在奔驰。我远远看见罗格（它的背影）在山顶停了下来。我气喘吁吁地追上去，用双手扶住大腿，试图帮助自己迈动步伐。我抬起头，但是没有看见罗格。等我爬上山顶，发现它正在一块生锈的金属告示牌旁打转；不知道市政厅里哪个无赖几周前在这里立了一块牌子，就插在那排摇摇欲坠的破栏杆旁。它的原意是提醒人们，这片松树林的尽头处是悬崖。但如果不走到被树林伪装得看不出原貌的崖边,是看不见这块警示牌的。这里经常有孩子失足坠崖。罗格一本正经地在牌子下撒着尿,它一逮到机会就会这么干。我靠过去,昏暗中,我看见它的尿浇在一大块污渍上,像是模范成年男子的手笔。

我把手抵在膝盖上,弯腰喘着粗气。我斜眼观察着罗格:它有点儿犹豫,一条前腿高高抬起,还在撒着尿。任务完成,该回家了。"咱们走,罗格,咻咻——"我吹着口哨。一切都发生在一瞬间。罗格跃过栏杆,只听见什么东西撞在地上的闷响。黑暗中传来刺耳惨烈的哀叫,转眼又平息,除了碎石和被折断的树枝滚落的低沉声音,一片寂静。怎么会这样!我昏了头,两腿没有知觉地发抖。我的第一反应是也从破败的栏杆间跳下山崖。惊恐使我不至于完全瘫软。我最终跌跌撞撞地从遍布房屋的山坡上跑下去,准备在山脚下绕一圈,从小河进到悬崖底的灌木丛里去。当我精疲力尽地钻进山谷时,我注意到一件奇怪的事。在河对面的山顶上,体育馆的探照灯通明,应该是在进行灯光调试。我感到胸腔内一阵尖锐的刺痛。接着,整座体育馆在我眼中变成了一座巨大的坟墓,窥伺着罗格的尸体。

我穿行在荆棘丛中；我被不断刺伤、擦伤；我咒骂着，无力地哭着。我的手上脸上都是伤痕。我暴躁地抓扯着枝叶，它们说不上繁茂，但却像一堵墙般阻挠着我的寻找。我的肌肉发麻，皮肤火辣辣的，全身的每个关节都疼痛不已。我确信厄运已不可逆转。我必须得想一想。我全神贯注地辨认黑暗里罗格越来越虚弱的呻吟声。去他妈的，我放声大哭，用已经破成一条一条的衣袖擦掉鼻涕和挂在脸上的树枝树叶，我的样子一塌糊涂。尽管稍微平静了一些，我仍然不停抽泣着，无法控制自己使我产生了一种屈辱感。我用力闭上双眼，四周是体育馆的灯光投在河边而划出的冰冷阴影，今晚没有月亮，探照灯企图为星星弥补这一缺席。我一边推测罗格可能掉落的地方，一边仔细分辨它断断续续的哀叫。我从口袋里掏出手机照明。凭借这一束微不足道的弱光，我再次摸索着走进漆黑的丛林。罗格就在那里，在一棵大树下的石头中间，似乎全身的骨骼都错了位。我依稀听见它瘦弱的肋骨间不规则的呼吸声，看到它僵硬的、交缠在一起的爪子。我蹲下身，把手伸到它庞大的身躯下，努力想抱起它，但我的力气只够抬起它折断的脖子，我注意到它瞳孔中的生命迹象正在消失，像一只奄奄一息的鸽子在勉强扇动翅膀。手机的光随着我环抱罗格的手颤抖着，它的头逆光沉在黑暗中，像是牛被肢解的首级，是从灵魂上被扒下来的松弛的、死气沉沉的兽皮。我感受到手臂上湿漉漉的鲜血，连我都散发出一种铁锈般的难闻气味。罗格看似完整的身体在紫红色的肿胀中扭曲，鲜血和尘土混合成浆状，糊在每一处创口上。我抱住它，试图站起来。但我五内俱焚，刚起身又跪倒在地，手机不知道掉到了哪里。

我四处乱爬，还撞到了罗格，只能从它僵硬的身体上翻过去。我狂躁地抓起手机，慌张得几乎不知道怎么使用它。我终于让手机闪光灯又亮起可笑的光，照着罗格因痛苦而扭曲的面孔，像已死去多时。我受不了这幅景象。罗格现在已是一摊腐肉，像公路边被秃鹫啄食的臭鼬，一具与我无关的尸体。我单膝弯曲地跪着，试图平静下来。罗格已无生机的身体不时猛烈地抽搐一下，我膝边的它已经从长眠的隧道逃往另一个世界。我匍匐着，抓住一根树枝，剧烈地呕吐起来。我吐得更凶了。接着，我把嘴里的渣滓都咽了下

169

去，吐了口唾沫，尽可能地把自己清理干净。我扶着树，慢慢地站起来。我又找不到手机了，只能弯腰摸索。我又有了呕吐的冲动，但这次我忍住了。我奇迹般地找到了手机。可恶的冷汗滴下额头，从荆棘叶上滑落。我从断头台般的丛林里出来了。接电话，布伦达，拜托了，接电话。

布伦达接通电话，我尽力向她解释发生了什么。她沉着的声音与流露出的保护欲穿透了我，我放任自己尖声哭叫起来。她让我冷静，只有我冷静下来，她才可能帮到我。"你说什么？罗格怎么了？慢慢说。"我把手机拿远几厘米，深深地呼吸。屏幕闪烁着，提醒我有另一通通话。杀了我吧。让这些无线电通信做我的陪葬，彻彻底底地腐烂。摧毁我们的混账文化吧，摧毁它关于所谓信息化的妄想，还有它机器人般、比羔羊更驯服的享乐。体育馆的灯关了，我陷入黑暗里。我把耳朵贴在手机上，不确定布伦达是不是还在电话那头。背后流水的声音像经过消音器过滤般微弱。我背后有一条河正在流淌，这太令人难以置信了。

"布伦达，你还在吗？"

"奥拉西奥？"听筒里传来父亲的声音，我徒劳地掩饰着自己的狼狈。

"你怎么了，你在哭吗？"旧日里对爸爸无法消弭的愤怒在我心中猛地燃起。我挂断了电话。

我费了很大劲才重新接通布伦达的电话。我向她简单说明了情况，包括劳洛被高压锅炸伤的倒霉事。我告诉她我需要她来接我，但通话又中断了。我们改成发短信联系。她让我把地址发给她。我写道："街区。圣栎树山。位置。山下，崖。"我担心只写一个"崖"字，布伦达会搞不清楚，就把"悬崖"这个单词完整地拼写了一遍，并且详细说明自己在河边，对面山顶上就是体育馆。屏幕提示有新信息："我已出发。"我坐在一块石头上等着。我突然意识到，既然刚刚我没能把罗格抱出树林，布伦达一个人也不可能做到。但我不想再回到那里了。我看了看周围，发现不远处有一条铁制长椅，但我一动也不想动。我也许应该通知劳洛？荆棘丛里又传来一声垂死的呻吟。我突然发觉，比起确信罗格已经死去，想到它也许还有一线生机更让我恐惧。

引擎的轰鸣由远及近。车门打开的声音。关门的巨响。我听见布伦达的呼喊，怀揣着巨大的悲痛，我起身迎向她。我看见身材魁梧的拉米罗跟在她身后，他是事务所的会计。有谣言说两人之间不只是工作关系那么简单。我任由自己被布伦达抱进怀里，把我的头埋进她的脖窝里失声痛哭，眼泪打湿了她的衣服。他们告诉我，他们开的是皮卡车，在离大桥几百米的地方有一处山坡，车可以从那里下到山谷。我们三人走进树林，布伦达举着手电筒照明。拉米罗走在前面，单肩扛起罗格。我跟在布伦达后面走着。不幸的是，罗格严格来讲还活着。这是最坏的情形，没有比这更让我难以忍受、更肝肠寸断的事了。罗格太重了，拉米罗中途不得不停下来几次，抬起一条腿，把罗格放在腿上再换到另一边肩膀上，他的裤子上已经满是血污。他把罗格放在皮卡车后的车斗里，然后我们三人坐进驾驶室。

甚至不需要由兽医实施安乐死手术，在我们前往医院的路上，罗格的心脏已经停止了跳动。但兽医还是收了我三百比索，用来处理尸体。

布伦达和拉米罗送我回到公寓时已经是半夜了。劳洛早就从床上起来，着急得不得了。他说他不知道给我打了多少个电话。的确如此，我手机上有许多个未接来电。如果我不是已经完全失神，看到这时的劳洛一定会哈哈大笑，在为了透气而在纱布中间剪出的破洞里，他的嘴唇高高肿起。高压锅的锅盖依然躺在厨房门口。

  我照顾劳洛躺下，喂他服下一剂止痛药和一种新的镇静剂。我反复告诉他，我没事，不需要吃药。我走到阳台上，几个小时前，罗格就在那里吠叫着。天快亮了，我搬来一把椅子，将一床被子裹在身上，坐在栏杆前。我眯缝起眼睛，沉没在无边的汽油海洋中。我拼命地游啊游，尽量不让自己沉下去。玫瑰色的晨曦划破了我的梦境。一辆公交车轰鸣着横冲直撞。晨曦太短暂了，短暂到我总抱怨它的吝啬。

十四号出口

刘雪纯 | 译

　　醒来的时候,他觉得昨晚的事像一场梦。像过去七八年里一样,尽管不胜其烦,他还是装作兴奋地参加了公司的晚宴——至少他认为自己伪装得不错。克拉丽莎待在家里,想换换心情,他们之间已经没必要假装。两人已经接受夫妻不必非得有些共同爱好是任何一桩婚姻得以维持的基本规则。他们的感情已经成熟了:这是一个爱情陷于停顿的阶段,要经过很长时间,忍耐过很多事情才能达到。

　　昨天的晚宴上,他手持香槟酒杯,和一个金色中分短发的高瘦女子攀谈起来。他觉得她像一位20世纪

20 年代的"飞来波女郎"[一]，或是浅色头发的贝蒂娃娃。她说自己是一家航空餐饮公司的国际事务代表，这家公司是当晚举办酒会的航空公司的供货商。他的公司，作为生产飞机碳纤维螺栓的承包商，正面临激烈的竞争，据传闻说，另一家公司正试图用一种更轻更坚固的聚合物来生产螺栓。尽管他的团队努力稳住阵脚，但四伏的危机仍让人心神不宁。对他而言，这不是愉快的时日，不，先生，不是。股东们已经在会议上提出警告：一旦公司失去了行业的领导地位，后果将不堪设想。和她交谈时，他自我安慰地想：她大概也有相似的压力。如今这个世道，谁也别想高枕无忧。她用的是最新款的智能手机，不时低头处理工作，他很欣赏她沉稳干练的样子。在充满明枪暗箭的商界，哪怕说她此刻正通过手机跟他的竞争对手达成协议，他也不会否认这一可能。尽管如此，她在他眼里依然迷人。英语似乎是她的母语，同时，她在法语和德语间切换自如。她再次把手机放进手包里，道歉说有点儿

[一] 飞来波女郎，原文为英语"flapper"，指西方 20 世纪 20 年代一批美丽、轻佻、张扬且蔑视社会旧习俗的女性。

急事。他把高脚杯放在托盘上，接过另一位穿制服的侍者送上的迷你三明治。她斜靠在墙上，墙背后连着顶层大复式的阳台。因为是冬天，玻璃门是关着的，但有些人在阳台上抽烟。透过玻璃，在这一小撮吸烟者稍远处，矗立着一排灯火通明的摩天大楼，蔚为壮观。他用连自己都感到惊讶的坚定目光看着她，仿佛前方是充满喜悦的生活，而他急于把这种感情传递给她。他马上后悔了，移开了目光。他想，这个陌生女人也许比克拉丽莎年轻一点儿。房间里几乎没有家具，中央的几级阶梯将宽阔的空间分成高低两半，他想再站上一级台阶，好让自己不至于在她身边显得格外矮胖，但他担心这个动作不太得体。周围正在聊天的客人们头上，同样悬着一把达摩克利斯之剑。他最终往上移了一级，但她还是比他高出几厘米。他惊讶地发现，她没有穿高跟鞋。

他克服怯意，讲了句玩笑话，她还没来得及回应，手机又响了起来。他敢打赌，这回她说的是俄语。女人再次道歉，拉上手包拉链，投向他的目光坦率从容，却有种被刻意抑制的紧张感。在令人不安的沉默里，他不知所措，干脆专心致志地咀嚼起鲲鱼三明治，想象着跟面前这位尤物共度春宵的无限快意,那可成了一桩谁也想不到的婚外恋。她始终没有移开用意不明的目光。她的目光滑向他手指上的婚戒,然后打量起他的啤酒肚,他最近开始健身了,但腹部仍顽固地突出着。她目光继续往上,滑过他的胸膛、领带和上衣。她没有半点羞涩,检视着他的下巴和精心修剪的胡须。她又低眼打量他的手和泄露身份的戒指,最后定定望向他的眼睛,一眨也不眨。我们为什么不另找个地方?他很确定,她在介绍自己名叫奥罗拉·罗德里格斯后,将会向他抛出这个问题。我待会儿得打电话给克拉丽莎,随便编个借口。她继续看着他,微笑着把酒杯举到嘴边,这是她的第二杯酒。然而,她并没有这么问,她睫毛下的双眼轻微地闪烁了一下,接着说起别的话。我太高了,是不是?不管用什么标准看,她补充说,用力地抱了抱他,大概有零点几秒。她立刻放开他,请他帮自己拿着杯子。太不好意思了,她说。她递给他一张名片,他也递了一张自己的给她。陪她去取挂在门口的大衣,就在一幅无聊的静物画旁边,这幅画是墙壁上唯一的装饰。他们在敞开的大门外吻别,一些客人陆续离开。他回到屋内越来越少的人群里,跟一名陌生男子高谈阔论,直到喝完第五杯香槟才离开。

闹钟响起来,他摸索着摁掉闹钟。他觉得昨晚发生的一切都不是真的。脑袋里轻微的昏胀随时会变成难忍的偏头痛。天气很冷。他在被子里翻来覆去,发现克拉丽莎已经起床了。她大概正像每天早上一样,在楼下的厨房里为孩子们热牛奶。过一会儿,她会回到楼上,监督孩子们刷牙,温柔地催他们下楼,睡意蒙眬的西尔维娅和赫拉尔多则皱着眉头对母亲表示抗拒,有时还会哭号两声。因为必须去上班,他决定起床。他快速冲了个澡,下楼喝咖啡,早餐是烤面包配橙汁。他还吃了两片扑热息痛。克拉丽莎像往常一样,替他整理好衣领、领带和西服袖子。孩子们准备完毕,弓着背跑向门口。他们的书包重得令人难以置信。克拉丽莎机械而冰冷地吻了他一下,他不可抑制地想起奥罗拉·罗德里格斯,那个陌生的高挑金发女子如火的热情,他们刚在失去理性的亲密距离里共度一夜。赫拉尔多和西尔维娅在门边互相推搡,争相当第一个开门的人,吵嚷得让人头晕。尽管早对这样的场景司空见惯,他还是生气了。"够了!"他冲孩子们吼道。情绪似乎在他四周蒸腾起雾气,他感到自己迫切地需

178

要一个拥抱。他觉得每个人都需要被拥抱,克拉丽莎和孩子们给不了他——甚至奥罗拉·罗德里格斯也给不了——他需要的拥抱。他重复道:"够了!"不知道怎么回事,当他试图隐藏愤怒时,一种孤独感使他喘不过气。他还想继续责骂孩子,克拉丽莎用粗糙的手拉住他的手腕。他转向她,为自己的反应感到羞愧,有时他表现得比孩子们还糟糕。他差点忘带公文包,以及医生让他每天早上服用的"小点心"。他默数到十,来回数了好几遍,不停被自己也说不清是什么的风暴冲击着。他逐渐冷静下来。孩子们等在门边,垂着头,双手紧紧攥着书包带。两个八岁和六岁的小天使,带来让人精疲力竭、难以触及的幸福。他背对着克拉丽莎,意外地感到她张开的手搭在自己的肩上。她手掌的重量以及这一举动传递出来的温柔,使他怀念,让他记起,两人在婚姻中共同承受的重担是如何平息那些由来已久的火患。她收回了胳膊。当他侧头告诉妻子他爱她的时候,奥罗拉·罗德里格斯的影子却从眼前闪过,像鬼魅般撩拨着他的神经。

他走向半开的门,从门缝里透进来的光线愈发清亮。阳光洒在门槛上,捕捉着旋涡般涌动的尘埃,给西尔维娅和赫拉尔多的学生制服镀上晨曦。他停了一下，从上衣口袋里摸出有老花镜功能的太阳眼镜，换下正戴着的这副眼镜。三人来到车库电子门前的小花园里。家里忠诚的宠物们跑过来，围着他们嗅探着，致以早安的问候：幼龄的科林斯是一只边境牧羊犬，"雷柯西达[一]女士"是一只狡猾的、辨不出品种的高龄狗。那天早上，当孩子们钻进马自达轿车，他把东西放进后备厢时，他注意到，两只狗比平时焦躁许多。它们冲着街道狂吠，不时像平时救护车鸣笛通过时一样引吭嗥叫，但那天路上并没有救护车。它们呻吟着，像生病了一样。他系好安全带，克拉丽莎好像察觉到了什么，打开厨房窗户，大声问发生了什么。他倒车的时候，克拉丽莎不得不从窗户严厉地喝止科林斯和"雷柯西达女士"，不准它们跑出院门。七八条狗靠在街对面房子的外墙边。他遥控关闭了车库大门，把车开到那群狗旁边。大部分是雄狗。事实上，他一条雌狗也没看见。"喂！"他冲它们喊道，"出去，走远点儿！嘿！"他吼道。如果这些狗继续待在那儿，他们

〔一〕 雷柯西达，原文为 recogida，西班牙语中意为"被收养的"。

就得把科林斯和"雷柯西达女士"关进卫生间,否则它们随时会溜出去,跟那些狗干上一架。他拍手吓唬它们,甚至下车装作要打它们的样子,但只有两三条像是同胞的褐色小狗直起前腿,伸出舌头,喘着粗气,挪动了几厘米,就又像什么都没发生一样趴了下来。他被彻底激怒了。但面对自家的狗肆无忌惮的吠叫和后座上孩子们连珠炮似的问题,他又陷入茫然,只能沮丧地回到车里,打算之后再找机会解决这个问题。发动汽车前,他透过金属栅栏看见穿着睡衣的克拉丽莎正站在大门后,科林斯和"雷柯西达女士"围在她脚边打转,叫个不停。

去学校的路上(西尔维娅和赫拉尔多一直在后座上吵闹),他惊讶地发现,在每天都能看到的晨跑者身旁,没有主人的狗成群结队,在人行道上游荡。它们穿过街道时相当有秩序,还会停下来坐在街角,等信号灯变绿。每一拨最多有十只狗,但无论怎么说,这个数量在城市里都是惊人的。连孩子们都停止了吵闹,请父亲摇下车窗,疑惑地将头伸出窗外,欣赏着这派奇异景象。来往的犬只摇头摆尾,像遵从着某种高高在上的力量的意旨,某位绝对的领导者。它们喘着粗气走过街头，眼神里却是完全的漠然。粉红色的舌头垂在嘴边，随脚步一上一下地抖动着，唾液泛起泡沫。有一些显然是流浪狗。另一些是从家里逃出来的，脖子上戴着项圈。还有些大概刚被主人赶出家门，它们皮毛光洁，脖子上旧项圈的印迹十分清晰。他从后视镜里看见，成百上千的狗从远处涌来，遍布城市的街区，继续着它们的游行。从挡风玻璃望向前方，更多的狗如同大军压境。

为什么有这么多狗？西尔维娅问道。是啊，爸爸，赫拉尔多接话说。是因为已经长出了太多猫（一个成年人或许会说：猫群已经繁殖到这个规模），它们在追捕小狗吗？但他想不出答案。除了僵尸或吸血鬼影片里的可笑想象，他想不出任何解释。然而，狗群在他们周围持续聚集着。在重重叠叠的狗群间，他们的车像一支缓慢的箭般往前推进。龇开的、挂着涎水的犬牙，恶狠狠的目光或垂下的脑袋，在车的后视镜旁来来往往，而他们继续缓慢向前。一些狗停下来，朝他们发出凶暴的吠叫，另一些则叫得更欢快一点儿。各种各样的尾巴长短不一，有些还被剪去了一段。有些狗的耳朵警觉地竖起；一只狗的耳朵几乎耷拉到了地面，像收起了帆的老帆船般随波逐流。所有的狗都迈着机械的碎步，像是关节无法完全活动开。那些最为独立的狗离开结队的同类，走向某个街口，在垃圾箱里扒拉起食物。但很快，他们再次归顺于那位真实的或被臆想出的牧羊人。四五只狗企图挑起叛乱，调转身体，朝反方向走去，但立刻就像沙丁鱼船一样被卷进旋涡里。他终于能挂二挡了，但一只讨厌的法国贵宾犬从车前走过，他不得不踩下刹车。四面八方都响着汽车喇叭声，地狱般的交通堵塞。滚开！他摇下车窗怒吼道。几只过路的狗稍微偏了下头，吐着舌头，看了他一眼。那只脏兮兮的白色贵宾犬，头顶的毛被扎成一个个小球，用按扣固定住，只见它跑到车门边刨了起来，在车漆上划下爪印，在他小臂下方几厘米的地方冲他炫耀似的狂吠。他发动汽车，接着听见后方传来紧急刹车时轮胎摩擦地面的尖锐声音。更多的喇叭声、叫喊声。孩子们终于不再用无休止的问题折磨他了，反正他们也得不到满意的答案。他刚刚因为孩子们不听他的话、没有及时关好车窗而责备了他们。他不明白发生了什么，这令人有些恐慌。他对着方向盘陷入焦灼的沉默，只想尽快逃离这比乌龟行进速度还慢的车流。西尔维娅和赫拉尔多开始煞有介事地猜想起来。一些司机正从车里往外扔东西。孩子们先讨论了最容易想到的僵尸或吸血鬼。但是他们一致否决了这类假说。因为如果真是这样，这些狗不会有眼珠，或者它们将露出滴着鲜血的獠牙。它们会被白天的阳光灼烧，或者会在孩子们冲它们画十字时落荒而逃。它们肯定也不是狼人。除了数量惊人，这些狗和孩子们平常看到的狗没有任何不同。接着，他们还讨论了许多其他的可能，父亲瞠目结舌地听着。比如，西尔维娅认为，它们是乔装后的外星人，来自某个最近发现的星系，因为神奇的重力而掉到了地球上。科学课上她和同学们刚好学习了最新望远镜的相关知识。这些望远镜很厉害，可以精确地找出外星人的来处。哥哥则嘲笑她。他认为将一切解释为一场大规模的自发变异，可信度更高（是的，他用了"可信度"这个词），研究表明，苍蝇就经历过这样的事情。他继续指出，更合理的推测是，这是美国中情局策划的秘密实验，目的是在新兴国家扩张霸权（他还用了"新兴"和"霸权"两个词）。西尔维娅反过来嘲笑赫拉尔多，说他看了太多电视。爸爸，你和妈妈应该监督他，只能在规定的时间看电视。他总是想干什么就干什么。父亲攥紧了拳头,继续听着对话。在靠近人行道的路障前,一大群狗招摇过市,使交通彻底瘫痪。赫拉尔多转过身,跪在后座上,透过玻璃观看事态发展。在每个街角,狗继续像潮水一样涌出来。那里有只活蹦乱跳的拉布拉多;再远点儿,几只比格犬到处乱撞;看这儿,一条腊肠狗跳得像是刚从迷你火箭里被发射出来。一只拳师犬蹦来跳去,风度全无;一只斗牛犬摆着臭脸,暂时把头靠在自己的短腿上休息。两只亢奋的斑点猎狐犬,坚硬的毛上挂着树枝草叶,大概刚被主人从庭院里扔到马路上。看!赫拉尔多叫道。无数的宠物狗,不甘心只待在家中狂吠,决定跳出栅栏和矮墙,甚至从不太高的屋顶和阳台上跃下,加入了大队伍。它们穿过沥青路上的斑马线,很快分出不同的小队。甚至有一小撮狗往后退了几步,短暂地包围了他们,然后才继续它们的神秘征途。

他们在一个红绿灯路口左转,接着右转,排进了校门口的车队里。那里看起来没什么异样。然而,当他跟在一辆捷龙汽车后朝大门开去,准备让孩子们下车时,他发现像往常一样站在门口的警卫和女老师们并不仅仅在迎接学生。生活老师挥舞着扫帚，试图吓走一群溜进学校的哈巴狗。老师们一边大喊大叫，一边跺着脚，驱赶着入侵的狗，校长甚至绝望地抓起一块破抹布，追打一条雌狗。赫拉尔多和西尔维娅打开车门，他下车帮他们背好书包。等在后面的家长开始不耐烦，他匆忙地吻了一下孩子们的面颊，为他们画十字祝福，他从来没有这样做过。仿佛一场飓风正在逼近。一场狗的飓风。

在他工作的地方，前台空空荡荡。卡里娜大概正躲在卫生间里化妆或在街角的咖啡店磨磨蹭蹭地买夹肉面包。这不是他该管的事，她过不了多久就会被开除。他走向电梯，按下按键。只有一台电梯在运转，其余的都在维修。电梯门打开的那一刻，他感到一阵晕眩。轿厢里有一只圣伯纳犬，脖子上挂着小酒桶。〔一〕他犹豫着，又摁了一下按键，但电梯门依旧敞开着，玻璃墙倒映出无数条大狗的影像。他迟疑地进入电梯，还愚蠢地说了句"早上好"，按下了第十层的按钮。电

〔一〕 圣伯纳犬在瑞士十分受欢迎，常以脖子上系着小酒桶的形象出现，酒桶上有代表瑞士的红十字。

梯往上升起。起初，他躲在离狗最远的角落里。当他试图"搭话"并抚摸它时，圣伯纳犬露出锋利的牙齿，发出低沉持久的嘟哝声。他一动也不敢动，屏息听着电梯到达每层楼时提醒的叮铃声，以及圣伯纳犬不停的警告，甚至不知道该如何描述这场经历。十层到了，他用背部紧贴着墙，慢慢蹭出电梯，尽管知道在当时的情况下还顾及举止礼貌有多荒谬，他还是不由自主地嗫嚅道："再见，祝你今天愉快。"

像平常一样，他走进被暗色玻璃分割成许多隔间的迷宫。他往往是最先到办公室的员工之一，今天也不例外。大多数办公桌旁空无一人，只有会计师莫拉蕾斯在最里面露出头，阳光穿过朝着马路的落地窗，在她头顶围上一圈光环。他本可以问问她关于圣伯纳犬的事，但两人之间正进行着一场无声的战争，因为谣传说，他们中会有一个人被提拔为高级主管。他等蒙特拉贡来上班，和他聊聊这件事。他们并不是旁人所认为的亲密朋友。他们在公司为有孩子的男性员工组织的足球联赛里熟识，被球场上年龄带来的力不从心联结在一起。前几天，公司里又有人突发心梗。他把公文包和午餐盒放在座位上，那是一张椅背后仰的人体工学椅。他走到窗边，不时抬头看天花板上密布的微型摄像头。他想，或许安保部门的员工能解释为什么电梯里会有只圣伯纳犬，但他刚刚在楼下连一名保安都没有看见。

莫拉蕾斯看见了他，冲他冷冰冰地点头，表示问候。他面向玻璃窗，站在离她几米远的地方。无数的狗继续翻天覆地。有好几百只。许多狗停下脚步，在路旁的大树下撒起尿来。亢奋的狗互相撕咬着，争夺首先与发情的同类交配的权利。领头的是那些最为激动的狗，它们有节奏地小跑着，跟在身后的同类仿佛是它们的卫队。他看见那只圣伯纳犬跑出大楼，但他不是十分确定，因为它很快跑进了他视野的盲区。他回到格子间里，打开电脑。同事们陆陆续续到来，他阅读着自己的电邮。跟平常一样，都是些垃圾邮件。下午有一场让人昏昏欲睡的大会，所有人都得出席，蒙特拉贡早就跟他说过了。楼下那层的人准吓得屁滚尿流，谁都逃不过公司的"人员优化"，CEO 胡里奥·桑迪兰特别喜欢说这个词，像个令人作呕的虐待狂。他把几封邮件拖进垃圾信箱。打开一个新窗口查阅新闻，但是当天的报纸没有提到任何跟狗有关的事。他返回邮箱的页面。未读邮件栏里有一条来自奥罗拉·罗德里格斯的消息。他心头一颤,点开消息。"我很喜欢你的拥抱。咱们可以聊一聊吗?"她提议下午四点在近郊找个地方碰面。怎么办?他问自己。尽管坐在椅子上,他还是感到双膝发软。座机响了起来,他漫不经心地接起。关于奥罗拉·罗德里格斯的幻想使他的身心迷失在熠耀的荧光里。

"达米安?我是克拉丽莎。"电话那头传来的声音让他一下子像条被喷了杀虫剂的毛毛虫,"我给你的手机打了好几个电话。你关机了吗?"

他摸了摸口袋,他确实忘记开机了。是因为这件怪事——突然间到处都是狗。他控制不住地发抖。

"听我说,我现在跟孩子们一起,在学校里。老师打电话给我。所有人都要撤出城去,市政防灾部刚刚在广播里确认了。"

听筒里沸反盈天,人的叫嚷和狗的吠声混在一起。

"达米安,你听着,这很紧急,听我说,你必须马上开车,尽快赶来十四号出口和我们会合。"

如果不马上动身,他就会被困在防灾封锁圈里。政府已经宣布,下午一点封城,之后谁也不能进出封锁区。市政打狗队已经无力应对，许多上班人士因被狗咬伤而进了医院。在一些居民区里，罗威纳犬、斗牛犬、阿根廷杜高犬各自纠集，争夺地盘，已经杀红了眼。它们已经咬死甚至生吞了好几个人。受害者不仅有身份未知的路人，还有这些狗的主人。

"警察已经介入了。"警笛声，逐渐远去的巡逻车队的轰鸣，救护车的鸣笛。"军队正在赶来。他们马上就要封锁老城区了。你快出来。"

电话里传出杂音，他担心通话会被挂断。他用手掩住话筒，深呼吸，勉强克制住颤抖。

"达米安，你在听吗？"

"在，"他移开捂住话筒的手，"我在听。"

"我把电话给西尔维娅，她想跟你说点儿什么，我不太明白。"

"爸爸？"

"嗯，孩子。说吧。"

"幸好他们不会变异。"

"什么？"

"被咬的人。他们不会变成攻击者的样子，不像电影里被僵尸或者吸血鬼咬了的人。"

"……"

"当然了,他们可能会得狂犬病,或者别的什么病。说不定还得截肢,但他们不会变成狗。"

克拉丽莎命令西尔维娅把手机还给自己。她们争吵着,听筒里响起赫拉尔多的声音。

"我们这边挂电话了。"他扯着嗓子说道,好盖过一阵激烈的犬吠,"妈妈太紧张了。"

"杰里[一],照顾好她们。我不在的时候你就是家里唯一的男子汉。我待会儿跟你们会合。"

"爸爸?"

"什么?"

"我们千真万确。"尽管赫拉尔多掌握的词汇已经非常丰富,他还没有学到"千真万确"这个词的正确用法。

"你说什么?"

"这都是美国中情局的阴谋。总是他们在搞鬼。"

"别说蠢话了!"克拉丽莎抢过手机,达米安脑海里立刻浮现出她惊慌失措的样子,"那我们等着你,达

〔一〕 杰里(Jerry)是赫拉尔多(Gerardo)的昵称。

米安。十四号出口。你最好写下来,我觉得你有点儿心不在焉。他们是按家庭邮编分配出口的,还会查你的身份证件核实。别搞错了。"

"等等。"电话那头又响起一阵嘈杂,达米安不得不冲着话筒吼起来,"科林斯和'雷柯西达女士',它们跟你们在一起吗?"

"没在一起。"克拉丽莎哭了起来,"回头我再跟你说。"她挂断了电话。

达米安穿上外套,拿起公文包和午餐盒。突然,他感到一种奇怪的沉着占据了自己的心绪,抚慰着刚才与克拉丽莎和孩子们通话所带来的剧烈痛苦,这种痛苦几乎将他的胸膛剖裂。他看了看周围。刚刚才到的同事们也已经走了。他快步走向电梯,幸好,那只圣伯纳犬已经不在电梯里。连自己也说不清楚为什么,他突然有点可怜莫拉蕾斯,转身走回办公室,想提醒她注意。当他靠近那个洒满阳光的小隔间时,这位令人讨厌的女同事正背对光线靠在办公桌上,她的电话响了起来。她接起电话,同时扬起手做了个坚决的手势,示意他稍等。他不常有这样的好心,更别提是对莫拉蕾斯了。他猜测大概是她的亲戚或朋友打电话告诉她发生了什么,虽然他惊讶于莫拉蕾斯竟然会有亲戚,也不相信她会有朋友。他转过身,大步走向楼梯间。

他小跑着穿过空无一人的大厅,却在准备推开旋转门时,被一只纽波利顿獒截住。它伸出肥大的舌头舔舐他,拱得他摔倒在地。他恐慌得几乎昏死,在门垫上蜷缩起身体,背靠玻璃,举起公文包挡在胸前。但他体格惊人的新朋友不改亲昵的态度,嘴里淌下的黏稠的涎水糊在他的眼镜上。这只野兽跨在他身上,歪着脑袋,细小的眼睛里满是"请收养我"的神情。它像是故意去舔他的耳朵。昨夜的宿醉卷土重来,他感到一阵头痛。痛感剧烈得他担心自己的大脑随时可能爆炸。他欠起上身,准确地说,是獒犬从他身上移开,叼起他的上半身,从旋转门挤了出去。室外炎热的空气令他窒息。他挣扎着站起来,嘴里骂骂咧咧,颤抖着掏出纸巾擦拭自己。他看见一只漂亮的黑色雪达犬跑过。很多其他品种的狗。远处有三只灰狗,小小的脑袋抨在拱起的脊背前端,它们拔足飞奔,只用几秒钟就冲到了队伍前方。他疑神疑鬼,绕着大楼走了一圈,从一个平时不用的门下到停车场。

只有三辆车，包括他和莫拉蕾斯的车。他不知道第三辆车是谁的。他启动马自达轿车，车灯亮起。车从斜坡开上地面，像箭般射了出去，轮胎发出摩擦地面的尖厉声音。十四号出口。十四号出口，他不该有丝毫迟疑。

那奥罗拉·罗德里格斯呢？那个手臂纤纤、双腿修长的完美的陌生女人呢？在犬只占领城市的时刻，在我们最深刻的恐惧中，她也在逃跑吧？或是正等着他准时赴约？无论是哪种情况，他为什么不绕一段并不遥远的路？克拉丽莎和孩子们会没事的。会有人带他们去一个隔绝的被保护的飞地，狗找不到那里，就像僵尸和吸血鬼电影里拍的一样。如果他先去找奥罗拉，他们可以把事情讲清楚（哪件事？）。昨晚奥罗拉涂指甲了吗？他不记得了。但是……他在胡想些什么？十四号出口。十四号出口。要不去见奥罗拉·罗德里格斯吧，就一小会儿？婊子养的。要提防那些狗。要提防别人的拥抱。

他驶入城郊，将油门踩到底。右手边的指示牌上写着"十四号出口"。警察和军队的车封锁了路口。再往里是沙袋堆成的路障，上面架着连发步枪。路旁横陈着几具狗的尸体。达米安没有右转,径直开了下去,他知道自己已经超速。他紧握方向盘,眼泪夺眶而出。

左手边的指示牌也被他远远甩在身后,上面写着:掉头。